Les Éditions du Boréal
4447, Saint-Denis
Montréal (Québec) H2J 2L2
www.editionsboreal.qc.ca

CHERCHER LE VENT

Guillaume Vigneault

CHERCHER LE VENT

roman

Boréal

Les Éditions du Boréal remercient le Conseil des Arts du Canada
ainsi que le ministère du Patrimoine canadien et la SODEC
pour leur soutien financier.

Les Éditions du Boréal bénéficient également du Programme
de crédit d'impôt pour l'édition de livres du gouvernement du Québec.

Couverture : Pierre Boogaerts, *Voitures bleues et ciel au-dessus de chacune d'elles.*
N. Y. et Montréal – 1977-79, Musée des Beaux-Arts du Canada, don de l'artiste,
Montréal, 1994.

Diffusion au Canada : Dimedia

Données de catalogage
Vigneault, Guillaume, 1970-

   Chercher le vent

   2e éd.
   (Boréal compact ; 145)
   ISBN 2-7646-0223-5
   I. Titre.
PS8593.I354C47   2003   C843'.6   C2002-941933-6
PS9593.I354C47   2003
PQ3919.2.V53C47   2003

À mes parents,
pour les raisons d'usage,
et d'autres, surtout.

Il m'avait fallu retourner à Val-d'Or. Signer des documents notariés, officialisant la vente de la maison. Pour d'obscures raisons, c'était un truc qui ne se faisait pas par la poste. Ça m'avait paru ridicule, mais je n'avais pas insisté et j'étais monté de La Minerve dans la vieille Regal qui peinait sur ses cinq cylindres valides. Je lui avais demandé pardon tout au long du trajet.

Arrivé en fin d'après-midi, j'ai passé tout juste cinq minutes dans le bureau du jeune notaire gominé, qui s'est contenté de me pousser sous le nez des choses à signer. Je n'ai rien lu, je lui faisais confiance. Un notaire. Le mot inspire confiance : une variété inoffensive d'avocat. Un avocat dégriffé est forcément honnête. Bref, je n'ai rien lu. J'ai signé mon nom sous celui de Monica, six fois.

Après cette courte épreuve, finalement bénigne, je suis sorti dans la *Main*. Une pluie fine tombait, mais personne ne semblait se presser. Je suis allé manger à L'Armorique. Spécial du vendredi, ailes de poulet. Le jour s'est effacé, un rayon de soleil égaré s'est glissé à travers le ciel lourd et gris. Mon genou commençait à se raidir. Mille pieds de plafond, maximum. Petites rafales d'orage, mauvais temps pour atterrir. Ils servaient ici le seul café buvable de Val-d'Or. Aujourd'hui, Java noir ou Kenya. Java.

J'ai payé mon addition à la nouvelle serveuse, que je ne connaissais pas. Puis je suis allé prendre un verre à L'Avantage, un peu plus haut. C'était François qui tenait le bar, ce soir-là. Il m'a servi ce qu'il me servait du temps où j'habitais ici, sans s'étonner de cette absence de deux ans, que j'avais l'impression de porter comme une cravate criarde. Les types qui reviennent à Val-d'Or après deux ans n'ont pas nécessairement envie de se le faire remettre sous le nez. Alors les barmans font comme s'ils ne s'apercevaient de rien, mais ils voient tout. J'ai bu ma pinte en regardant la lutte à la télé, je me sentais plutôt bien, serein comme un fantôme.

En sortant du bar, j'ai eu le goût de rentrer tout de suite à La Minerve, dans la nuit pluvieuse, mais je me suis ravisé. Ça me paraissait soudain déshonorant de me sauver comme un voleur, surtout avec cette Troisième Avenue si vibrante ce soir, si invitante, presque obséquieuse avec sa traînée de néons, comme un tapis de roses en plastique. Me fouettant, je me suis dit que j'allais me les faire tous, tous les bars, et même celui de l'hôtel, où trois Indiens m'examineraient d'un œil torve, et pour la première fois, par curiosité, tous ces bars, j'allais les *compter*. Jusqu'au dernier, en face de la station d'essence, celui avec les trois *X* roses, qui ne m'avait jamais tenté avant ce soir.

C'est en effet là que j'ai fini par aboutir. Il devait être deux heures et quart. Il ne restait que deux danseuses, dont Jolène, frêle et forte de ses vingt ans, jadis préposée aux cosmétiques à la pharmacie du coin. Le temps avait salement passé, je trouvais. J'ai espéré qu'elle ne me remarquerait pas. Pour elle, pas pour moi. Parqué au fond de la salle, j'ai reconnu Sylvain, petit revendeur, les yeux vitreux, la mâchoire spasmodique, crispé dans un nirvana douloureux. Il y avait deux jeunes types aussi, qui semblaient être les seuls à s'amuser un peu dans ce trou. Des têtes de touristes. J'ai dévisagé ma bouteille de bière un long moment. La vue de Jolène se trémoussant maladroitement me foutait un drôle de vertige ; j'étais allé à la pêche avec son père.

— Ça fait drôle, hein ?

C'était Sylvain, qui m'avait reconnu et était venu s'accouder au bar à ma droite. Je ne voyais pas ce qu'il voulait dire.

— On sort ensemble, a-t-il précisé en désignant Jolène.

— Ah.

— Les deux gars, là, ils sont de Montréal, a-t-il ajouté, rêveur. Moi aussi, je m'en vais à Montréal. Je m'en vais à Belœil. T'es déjà allé à Belœil, Jack ? C'est comment, c'est correct ?

— C'est super, Sylvain.

Je ne suis jamais allé à Belœil.

— Une 'tite track, Jack ? T'as l'air brûlé.

Un frisson m'a parcouru. À trente-six ans, une ligne de coke vous esquinte pour trois jours. Mauvais investissement.

— Non merci. J'aime ça comme ça.

11

Il est allé se rasseoir. En sortant, j'ai croisé le regard de Jolène. J'ai essayé de lui sourire, ça devait être assez laid. J'ai retrouvé la Buick, et je n'ai pas jasé très longtemps avec mon instinct.

Le lendemain, avant de faire traverser le parc La Vérendrye à ma gueule de bois, je suis allé visiter mon zinc. Il était toujours dans le hangar de Raymond, attenant à l'aéroport, avec son aile estropiée, sa peinture bleue, encore rutilante sous la poussière. On s'est regardés longtemps, comme des rivaux fatigués. Il m'a dit qu'il ne m'en voulait pas. Peut-être savait-il que c'était ce que je voulais entendre. Peut-être qu'il n'a rien dit, aussi.

PREMIÈRE PARTIE

1

— T'as eu ce que tu voulais ? Ben dégage...

Le gars a regardé Tristan sans comprendre. Il devait avoir cinquante ans, chétif, le visage gris, raviné. Il flottait dans sa jaquette d'hôpital. Tristan lui a décoché un regard mauvais, naseaux frémissants. L'autre s'est remis à faire des formes géométriques avec les smarties offerts par Tristan. Un triangle. Il a souri. Un losange. Éclat de rire. Une croix. Il a avalé un rouge. Il a secoué les smarties, les a jetés sur la longue table de métal, comme des dés. Observé longuement l'éparpillement, comme s'il était truffé de signes cabalistiques. Un sourire mystique a glissé sur son visage.

— Hé ! Dégage ! a brusquement tonné Tristan.

L'autre a sursauté. Moi aussi.

— Tristan... relaxe. Il est pas méchant, il s'amuse. Il est drôle, non ?

Tristan a levé un regard sombre sur moi.

— Super drôle, Jack. Le problème, c'est qu'il est drôle comme ça *toute la journée*...

— Ouais...

J'ai regardé dehors.

— T'avais arrêté les médicaments, Tristan ?

— Qu'est-ce que tu crois... ça fait des mois.

— Pourquoi ?

— Tu veux vraiment qu'on ait cette conversation, Jack ?

— Non.

J'ai regardé dehors encore. Il faisait beau. *Cette conversation*. Toujours la même. J'ai allumé une cigarette. Le type aux smarties m'a dévisagé. J'ai soufflé un joli rond de fumée vers le plafond, puis j'ai souri, invitant le bonhomme à la connivence. Il a gloussé d'un petit rire complice. Tristan décryptait les cotes de la Bourse dans le journal que je lui avais apporté, en se mordillant la lèvre inférieure.

— Mauvaises nouvelles ?

— Jack, pff... Si tu savais ce que ça m'a coûté, ces trois derniers jours, t'en serais malade.

— Essaie toujours.

— Je veux même pas faire le calcul. Merde, merde, merde...

— T'avais qu'à prendre les médicaments, imbécile. Tu peux pas demander au Dow Jones de t'attendre le temps d'un petit épisode psychotique...

— Nasdaq, pas Dow Jones. Et puis c'est pas le terme exact, « psychotique », Jack. Ils appellent ça...

— M'en fous. Allez, combien ? Ça m'amuse. Dix mille ? Vingt ?

Il m'a toisé avec dédain.

— J'ai perdu plus que ce que t'as dû gagner en trois ans, Jack. Okay ?

J'ai éclaté de rire. C'était vraiment une journée magnifique.

— Tant mieux ! Ça t'apprendra à être fou.

— Va te faire foutre, Jack. Et puis c'est rien pour consolider mon équilibre mental, j'te signale.

— Au contraire, p'tit con ! Ça va te remettre les pieds sur terre.

Il m'a regardé, incrédule.

— Ils t'ont pas dit d'y aller doucement avec moi, merde ? J'ai pas besoin de ça, moi, le beau-frère qui se ramène pour me fourrer le nez dans mon caca... Ma sœur te tuerait.

— C'est déjà fait, Tristan... Et ta sœur, hein, ça fait un bout de temps qu'elle s'en lave les mains de ton... ton équilibre.

— Toi, ça t'amuse encore, on dirait.

— Va savoir... Bon, on te sort d'ici ?

— Ça risque d'être un peu compliqué. Ils veulent me garder en observation, et puis je pense que le gars du bar a porté plainte...

J'ai jeté un coup d'œil sur les restes de son repas, en me demandant comment des gens s'imaginent qu'on peut recouvrer la santé en bouffant du jello, du pain blanc, trois petits pois et un steak gris. Un gars rentre à l'hôpital avec un fémur brisé, il en ressort avec un ulcère. Il y a une certaine logique marchande derrière tout ça, n'empêche.

— Okay, alors tu veux rester ici? ai-je dit en écrasant mon mégot dans le jello.

— Non, a-t-il répondu avec un haut-le-cœur, on s'évade.

2

Je ne sais pas trop ce qu'il a, Tristan. Je ne me suis jamais vraiment intéressé à la définition clinique de sa condition. Sa sœur le dit maniacodépressif, et si ça lui permet de mieux vivre avec tout ça, tant mieux. Son père disait, avec cette pudeur douloureuse, que Tristan n'était « pas comme tout le monde ». Moi, je ne sais pas ce que j'en dis. Il est comme ça, c'est tout.

Tristan Molinari — c'est son nom magnifique — est un fouteur de merde. Qu'il y ait ou non un déséquilibre neurochimique à l'origine de cette propension, ça m'a toujours semblé parfaitement accessoire comme question. Quand il me forcera à douter de sa lucidité, j'aviserai. En attendant, Tristan est Tristan. Il sent les choses un peu plus violemment que la moyenne des gens, et infiniment plus que moi. Car moi aussi je suis malade. Ceux qui me connaissent en jureront. *Celle* qui me connaît, en vérité.

Monica jurerait que je suis malade. Je la croirais, Monica. Je n'ai pas besoin de la jaquette d'hôpital de Tristan pour m'en convaincre. Je suis simplement moins dérangeant que lui. Je ne fracasse pas des objets dans le visage des gens quand ils me regardent de travers. Tristan le fait. Moi, j'évite leur regard.

Les couloirs d'hôpital ont un curieux effet sur moi, depuis toujours. Un effet assez amusant, à vrai dire. Quand je marche dans un couloir d'hôpital, toutes les blessures dont mon corps a mémoire se réveillent. Ça commence par le genou droit. Un picotement, d'abord, et cette raideur lancinante qui se fixe juste sous la rotule. Ensuite, c'est cette fine cicatrice sur mon ventre qui se met à me démanger. Parfois, l'antique marque de scalpel rosit. Puis vient cette douleur sourde dans l'articulation de la mâchoire, tout près de l'oreille. Le poignet droit. Les deux côtes fêlées. Un festival d'anciennes blessures, une étrange dégustation de douleurs oubliées. Je trouve ça amusant dix minutes, au plus. Après, je sors, et ça s'évanouit au bout de trois ou quatre inspirations profondes et une cigarette.

On n'a pas moisi longtemps sur le parvis de l'hôpital. Techniquement, ce que je faisais était sans doute illégal et j'étais plutôt content de franchir sans encombre la guérite du stationnement avec un type en jaquette bleue sur le siège du passager.

— Tu vois, tu t'énerves pour rien, Jack.

— Ouais. En attendant, mets donc les vêtements que je t'ai apportés. Sur la banquette arrière. Tu seras moins voyant.

— Bof, tantôt.

— Jamais vu un gars aussi à l'aise dans une jaquette bleue, le cul à l'air. L'habitude, je suppose ?...

Il n'a pas relevé. On a roulé un bout de temps sans se parler. La Buick sortait du garage, elle se comportait comme un charme. Cent quarante sur l'autoroute, une blague. Elle tenait le cap comme une neuve, le moteur ronronnait sur six cylindres propres et rodés. Tristan s'est pris une cigarette, il a baissé un peu la vitre.

— Veux-tu bien me dire pourquoi t'es venu me sortir de là, Jack ?

— Je me posais la question, justement. Faut croire que je m'ennuyais.

Ça l'a fait rire.

— Alors, où on va ?

— Chez moi, à La Minerve. Un peu d'air frais, ça devrait aider ta condition.

— Ma condition... a-t-il répété, le regard au loin.

— On jouera aux échecs.

— Pourquoi « on jouera » ?... Tu joues plus à l'aveugle ?

— Moi, oui. Toi, par contre, tu dois être rouillé...

— B4 à D4.

— Je te signale que t'es encore bourré de calmants, Deep Blue. H2 à E3.

— A3 à D6. T'inquiète.

J'ai fait mat en seize coups. Ça l'a mis en rogne de perdre. Il a fini par s'endormir sur un flash-back de Haldol. Ça reste dans le système, cette cochonnerie, paraîtrait-il. J'ai trouvé du jazz à la radio, un spécial Brubeck. Il faisait beau.

3

Je me suis arrêté au village pour faire quelques courses. Tristan dormait toujours. J'ai acheté des pâtes, des trucs surgelés, deux beaux steaks, une bouteille de rhum et des cigarettes. J'ai aussi pris un billet de loterie, pour faire plaisir à Marie-Rose, qui tenait la caisse et me faisait crédit, bon temps, mauvais temps. « Une petite loterie avec ça? Dix-huit millions, c'est un pensez-y bien, hein?... » avait-elle proposé aux trois clients précédents, sans succès. Je l'avais laissée me convaincre, me demandant ce que j'aurais fait avec dix-huit millions de dollars, dix-sept ou deux. Acheter un de ces nouveaux moteurs électriques pour le canot et peut-être aussi du bois traité pour réparer la galerie, sans doute. Réparer le Cessna? Non, oui, peut-être.

Je suis passé par le petit chemin de gravier pour les derniers kilomètres. Le bruit des cailloux martelant la tôle des ailes a réveillé Tristan.

— On est où là ? a-t-il maugréé.

— On arrive.

Il a jeté un regard vide autour. Mai, la forêt verdissait.

— Tu vis vraiment au milieu de nulle part.

— En banlieue de nulle part, peut-être.

— Je sais pas comment tu fais. Je deviendrais fou.

J'ai souri. Un lièvre a bondi d'un fourré, quelques mètres devant la voiture. Tristan a sursauté.

— T'as vu ?!

— J'ai vu.

C'était le troisième que je voyais traverser.

— Eh ben...

— J'en ai une dizaine dans le congélateur.

Il m'a regardé sans comprendre.

— Tu... quoi... tu *chasses* le lièvre ?

— J'ai posé des collets cet hiver.

Il s'est mis à rire.

— Ma sœur a marié Daniel Boone !

— Ta sœur a *divorcé* Daniel Boone...

J'avais oublié à quel point Tristan me rappelait Monica, même lorsqu'il ne s'en donnait pas la peine. Pendant qu'il dormait, plus tôt, j'avais surpris sur son visage des expressions que je croyais inimitables. Ce petit pli fourchu au front, entre les sourcils, c'était Monica. Le mordillement nerveux de sa lèvre inférieure, Monica. Je ne peux pas dire que ça me déplaisait vraiment, mais ce n'était pas de tout repos.

J'ai garé la voiture sur le bas-côté et j'ai annoncé à Tristan qu'on y était. Et que je préférais qu'il enfile les vêtements que je lui avais apportés avant de descendre de voiture, pour les voisins. Les deux voisins, en fait, Rodger et Marjolaine, qui coulent une retraite paisible et méfiante devant leur *bay window*, comme devant un feuilleton télévisé particulièrement long et chiant. Tristan n'était jamais venu ici et il promenait un regard amusé sur la maison, la galerie, les cordes de bois. Les bras chargés des provisions, j'ai poussé la porte du pied. Tristan s'est étonné.

— Tu fermes pas à clef?

— Eh... Tu vois, les clichés sur la campagne, c'est pas tout faux... Prends un peu de bois, sur le côté, là, avant d'entrer, s'il te plaît.

Il a pris du bois trop vert, mais je n'ai rien dit. J'ai déposé mes sacs sur le comptoir de la cuisine et j'ai allumé le poêle pour chasser l'humidité. J'ai pris deux bières dans le frigo. J'en ai tendu une à Tristan, machinalement. Pas ma plus belle idée de la journée, ai-je pensé au même moment. Mais bon, une bière.

— Je te fais visiter?

Il a opiné distraitement, occupé à examiner la collection de petites cuillères qui trônait sur le mur au-dessus du poêle. Ma grand-mère les avait amassées sur une cinquantaine d'années, et elles valaient le coup d'œil. Rien à voir avec la camelote duty-free d'aéroport. La plupart sont en argent sterling et proviennent d'un peu partout sur la planète, du moins partout où les Anglais ont eu leur mot à dire pendant un temps. Inde, Afrique, Caraïbes, Hong Kong. L'histoire de l'Empire dans une jolie vitrine d'acajou. Il y avait longtemps que ma grand-mère ne mettait plus les pieds dans cet endroit, mais je n'avais remisé aucune de ses babioles. Chaque coin de la maison me rappelait ainsi que je ne serais jamais qu'un invité en ces lieux, dussé-je y passer le reste de ma vie. Il me semble que je préfère les maisons ainsi : immuables. Un lieu qui m'accueille en clandestin, dans une tiède indifférence. Je n'ai pas toujours été comme ça, je suppose. J'ai déjà chargé des endroits de ma présence, j'ai hanté d'espoirs indélébiles des pièces, j'ai repeint des murs de ce bleu pâle à vomir. Les oursons souriants, la dentelle aux fenêtres, tout ça, déjà, oui. Berceau. Ça fait de beaux cauchemars, une meute d'oursons souriants qui vous pourchasse. Il n'y a que l'Ativan qui vienne à bout des oursons, et encore. J'ai montré les chambres à coucher à Tristan, qui s'est choisi la plus petite, à l'étage, sous le toit en pente. Puis on est sortis sur la galerie, qui surplombe trente pas de sable blond et offre une jolie vue sur le lac. Lac affublé du nom parfaitement antipoétique de « lac Équerre ». Nom qui ne lui rend aucune justice, mais bon, on m'a bien nommé Jacques et je ne m'en porte pas plus mal. Enfin, dur à savoir.

On s'est assis sur la vieille balançoire suspendue en buvant notre bière. Mon grand-père l'avait installée en 72, cette balançoire, et elle tenait le coup, comme si c'était normal. Le soleil était tiède. Tristan laissait son regard errer sur l'eau, en hochant légèrement la tête.

— C'est à toi ? a-t-il fait, désignant le petit quai où j'amarrais le canot.

— Ouais. Le terrain va jusqu'à la grande épinette déracinée là-bas, tu vois ?

— C'est grand. Ça fait combien de… d'hectares ?

— Aucune idée. Honnêtement, j'ai jamais su ce que c'était, un hectare. Tu le sais, toi ?

— Non.

— Ben... ! Si je te disais, je sais pas, disons dix-huit hectares, ça t'avancerait à quoi ?

— Bof...

J'ai éclaté de rire. On faisait une belle paire d'imbéciles.

4

À ses yeux rougis, le lendemain matin, j'ai bien vu que Tristan avait mal dormi. Sans doute le silence l'avait-il dérangé. Ça arrive aux citadins endurcis : le silence nocturne devient un son en lui-même. Une sorte de bourdonnement pesant qui emplit la tête. On trouve assez vite toutes sortes de craquements, de chuintements et de murmures rassurants, mais il faut cesser d'être aux aguets, de chercher par-delà les épinettes la rumeur lointaine et sifflante de l'autoroute, le feulement d'un autobus ou le hululement des sirènes.

J'ai fait du café. Tristan est sorti sur la galerie. Les dernières brumes du matin se dissipaient sur le lac, laissant apparaître par endroits la rive opposée et les deux petites îles. Parfois, à l'aube, il m'arrivait d'aller boire mon café au centre du lac nappé de brume, dans le canot. C'était une des sensations les plus étranges qui soient, comme une bulle hors du temps ; l'impression de flotter entre deux mondes, de ne faire, en vérité, *partie de rien*. La paix la plus intense que j'aie connue, jusqu'à en devenir insupportable, comme frôler le néant, sentir sa caresse. Ça me mettait dans un drôle d'état qui durait souvent le reste de la journée. Je ne faisais pas ça tous les matins.

On a pris notre café sur la galerie. Il y avait un bout de temps que je n'avais pas eu de visiteur. J'avais un peu perdu l'habitude d'avoir quelqu'un à qui parler en me levant. Drôle d'idée que d'aller kidnapper Tristan. Il y avait des mois que je ne lui avais pas parlé. Je l'avais appelé comme ça, sans raison précise, et j'étais tombé sur Louise, son ex à répétition, qui passait à l'appartement récupérer quelques affaires. J'espérais pour elle, et pour Tristan, que ces deux-là en avaient fini l'un avec l'autre, après sept ans d'enfer, de ruptures, d'infidélités et de vengeances. Elle m'avait dit, avec un dédain presque amusé — le dépit, l'habitude —, qu'il était à l'urgence psychiatrique de Saint-Luc, à la suite d'une virée particulièrement sauvage, au cours de laquelle il avait assommé un type avec le combiné d'un téléphone public. Apparemment, ce n'était là que la frasque la plus marquante de cette soirée. Deux de ses amis l'avaient finalement conduit à l'hôpital avant qu'il ne se fasse embarquer par la police. J'avais essayé d'en apprendre un peu plus, mais je n'avais pas insisté, sentant l'exaspération qui perçait dans la voix sèche de Louise. D'ailleurs, je ne sais pas si elle a une autre voix que celle-là. Je suppose que oui.

En buvant mon café, j'ai songé qu'il y avait mille raisons d'assommer un gars dans un bar, mais que le choix de l'arme trahissait effectivement un déséquilibre mental grave.

— T'es déjà allé à la pêche, Tristan ?

— Non, ça m'a jamais intéressé, honnêtement.

— Tu vas voir, c'est très zen. Tu vas détester.

— Ça peut pas être pire que la télé l'après-midi, dans une chambre d'hôpital...

— Ça reste à voir.

Il m'a regardé de travers.

— Franchement, t'as une conception bizarre de la thérapie, je trouve.

— Thérapie ? Tu deviens parano, Tristan, tu crois que tout le monde veut te changer.

— Tout le monde *veut* me changer, Jack, je te signale. Ma mère, ma sœur, Louise... Fuck, Louise...

— Pas moi. Moi, je veux...

J'y ai réfléchi quelques secondes.

— ... moi, j'ai juste le goût de te faire chier un peu, au fond. Tu m'emmerdes, je pense.

Il m'a regardé sans comprendre. Je mettais le doigt sur quelque chose auquel je n'avais jamais vraiment accordé beaucoup d'attention.

— En fait, c'est ça. Tu m'emmerdes avec ton petit numéro, Tristan. Dès que ça commence à bien aller dans ta vie, tu t'en vas foutre des grands coups de pied dans tout. Tu te réveilles au milieu des pots cassés et tu dis que c'est pas ta faute. Tu te rends compte à quel point c'est chronique, avec toi ? Je pense à ça... C'est drôle comment à chaque fois que tu pètes les plombs, ça tombe au pire moment possible, non ? Regarde, là, par exemple, je gage que tu venais de faire des placements sur marge à la

Bourse, hein... Des trucs très risqués, qu'il aurait fallu revendre tout de suite... Je me trompe ?

— T'es chiant, Jack ! Non mais, en admettant que t'aies un peu raison, comment voulais-tu que je prévoie que ces titres-là allaient planter ? Tu pousses un peu !

— Je pousse rien du tout. T'es bien plus intelligent que ça. T'as appris la Bourse comme les échecs, comme tout le reste, ça t'a pris trois mois. Tu ne me feras pas avaler que tu t'es trompé...

— Tu me bats encore aux échecs...

— J'espère bien... Je jouais des simultanées pendant que tu faisais encore dans ta couche... Ça serait le comble ! Anyway, c'est ton affaire... Tu fais ce que tu veux, j'essaie juste de comprendre, des fois, c'est tout.

— Qu'est-ce que tu veux comprendre, je suis malchanceux...

— Malchanceux ? N'importe quoi... Malchanceux, c'est quand tu te fais frapper par un autobus, bouffer une jambe par un ours ! Quand tu frappes quelqu'un avec un téléphone et qu'il porte plainte, ça n'a rien à voir avec la malchance...

Il a souri niaisement. Il m'enrageait.

— Tristan, dis-moi... Comment tu fais pour... pour *intégrer* des actes aussi débiles à l'idée que tu te fais de toi-même, à qui tu es ? En fait, c'est ça qui me fascine... Parce que, tu vois, ce serait facile à comprendre si t'étais vraiment fou, du genre camisole de force, ou encore juste méchant à l'extrême, à la limite... ou simplement idiot, même. Mais tu dois forcément réfléchir à ça, non ? Tu dois forcément te poser des questions...

— C'est pas vraiment comme ça que ça fonctionne.

— D'accord, alors comment?

— Non, mais tu traites ça comme si j'étais deux personnes, genre Jekyll et Hyde... Mais tu vois, c'est pas comme ça qu'il faut le comprendre, il faut voir ça comme des variations, comme des biorythmes, si tu veux. Ça fluctue. Et puis je pète pas les plombs, c'est pas comme si je perdais conscience, c'est juste ma... ma vision des choses qui change.

Il a regardé longtemps dans le vide, l'air de se demander si je pouvais saisir le sens des mots.

— Je pense pas que tu puisses comprendre, Jack. T'es trop... trop *égal* pour voir ce que je veux dire. Ou alors imagine qu'on amplifie tes changements d'humeurs au carré, ça peut te donner une idée... Mais regarde-toi aller, aussi, Jack... Non seulement t'es égal, constant, mais en plus tu t'arranges pour être en contact avec le moins de choses possible. D'ici à ce que tu comprennes pourquoi je fais ce que je fais, il y a une sacrée distance...

— Peut-être, ouais... ai-je soupiré, pris d'une lassitude soudaine.

J'ai regardé le lac, encore. Pour la centième fois, la millième. J'ai pensé à la brume du matin, à quel point j'étais bien à l'aube, dans cet écrin cotonneux, à l'heure mauve, avant le premier rayon de soleil. À quel point rien ne me touchait.

— Peut-être, ai-je répété lentement.

Je suis retourné à la cuisine et me suis versé une seconde tasse de café. J'ai allumé la radio. Regardé à la fenêtre. Je me suis dit que c'était une belle journée pour débiter le bouleau qui s'était abattu en travers du stationnement et qui m'obligeait depuis dix jours à me garer en bordure du chemin. Un peu d'exercice pour Tristan. Et puis ça ne manquerait pas de lui plaire, la scie à chaîne. Si tenir une scie à chaîne pétaradante entre ses mains ne lui procurait pas un petit frisson de puissance, j'allais vraiment commencer à m'inquiéter pour lui.

J'ai fait une omelette, qu'on a mangée au bord du lac, debout sur le quai. Je regarde Tristan qui mange avec appétit. J'ai peine à croire toutes les conneries qu'il a faites. J'aligne mentalement les plus notoires, sans cesser de le regarder. Ça ne fonctionne simplement pas, je n'arrive pas à surimprimer les images. Tristan qui vole une voiture devant moi, qui m'enseigne très calmement comment déverrouiller une Golf à l'aide d'un tournevis à tête plate. Tristan qui retourne dans un bar d'où il vient de se faire expulser par trois portiers, une barre de fer à la main, un sourire carnassier aux lèvres. Tristan qui mange une omelette en observant l'envol lancinant d'un héron bleu. Pour la centième fois, je renonce, soupire, regarde ailleurs.

On a mis deux heures à débiter le bouleau et à corder le bois. Du mauvais bois, détrempé, à demi pourri, qui rechigne à brûler. Du bois *coti*, disait mon père. Je prenais ça pour du vieil argot, mais non, le mot existe. Puis j'ai garé la voiture dans le stationnement, ce qui était le but de l'opération, en vérité. J'ai pris une longue douche brûlante. En sortant de la salle de bains, Erik Satie m'a fait sursauter. Tristan fouillait dans mes disques. Je suis passé devant lui sans dire un mot, j'ai changé de disque. Miles Davis. Pendant une seconde, j'ai tenu Satie entre mes mains, avec la furieuse envie de rompre le disque en deux. Je l'ai juste rangé avec précaution. Heureusement, Tristan ne m'a pas posé de question.

Après m'être rhabillé, j'ai fait deux sandwiches au jambon, j'ai pris quatre bières, un morceau de fromage, un saucisson et j'ai annoncé à Tristan qu'on allait pêcher. Je lui ai tendu le coffre à pêche et la petite glacière sans lui laisser le temps de protester. J'ai coupé Miles au beau milieu de *Freddie Freeloader*, pris les deux cannes à pêche, et on est descendus au bord de l'eau. Il n'y avait pas le moindre souffle de vent, le lac se prenait pour le ciel. J'ai ramassé quelques vers dans ma cache à appâts. Tristan a failli se foutre à l'eau en embarquant dans le canot, se rattrapant de justesse au rebord du quai flottant. Je suis remonté à la maison pour chercher des gilets de sauvetage. Les glaces avaient calé tard cette année, et l'eau était encore sacrément froide.

Finalement, Tristan ne se débrouillait pas trop mal avec un aviron. Mieux que sa sœur, en tout cas. On a fait une pause au milieu du lac, pour le principe, un luxe. On a fumé une cigarette. Je cherchais avec malice le moindre signe d'impatience, mais en vain. J'ai pensé à Monica. Les débuts, vacances au chalet. « Pourquoi on s'arrête ? — Pour rien. » Mauvaise réponse. « Pour te regarder. » Ça passait beaucoup mieux. « T'es con, donne-moi une cigarette. » Elle dissimulait un sourire fuyant derrière sa main, regardait autour, comme si elle voyait le lac pour la première fois. « Jack... Arrête de faire des photos. » Je montrais mes mains vides. Elle savait que je faisais toujours des photos, même les mains vides. « Arrête de te souvenir de moi comme ça, *à l'avance*. Ça me fait peur. » Je ne comprenais pas ce qu'elle voulait dire. Elle avait raison. J'ai pris beaucoup trop de photos. Et celles-là ne sont pas exposées dans les galeries branchées de Soho. Celles-là ne me rapportent pas un sou. Celles-là me coûtent cher. Les gens n'aiment que mes photos ratées, toutes celles que j'ai faites avec le vieux Ricoh Singlex TLS. Floues, surexposées, mal cadrées, toutes. Muriel, l'agente de la galerie, s'était crue autorisée à changer tous mes titres. J'étais furieux. *Beaux nuages ratés* était devenu *Mécanique des fluides*; *Pic-bois raté* s'intitulait désormais *L'Œil du pic-bois*. Je ne lui avais pas pardonné, à cette conne. De m'avoir traîné dans ses draps, oui. J'y étais pour quelque chose. D'avoir mutilé mes titres, jamais.

On s'est rendus jusqu'à la petite crique, au bout du lac, qu'un ruisseau en crue alimentait en eau fraîche. Après deux ans, je commençais à connaître mon lac, et il n'y avait pas meilleur endroit pour espérer prendre de la truite. Et comme l'embouchure du ruisseau se trouve dissimulée d'un côté par une sorte de jetée naturelle et de l'autre par une dense masse de joncs, peu de plaisanciers connaissent l'endroit. Il faut vraiment avoir fait le tour du lac sans se presser pour le remarquer, ou alors être tombé sur un pêcheur un peu bavard. Autant appâter une ligne pour la pêche à l'espadon : les gens ne parlent pas beaucoup dans le coin. Personnellement, j'envoyais tous les curieux de passage trôler dans la vase à l'autre bout du lac, et je n'en éprouvais pas l'ombre d'un remords.

Tristan insistait pour lancer à la mouche, ce qui était parfaitement inutile à cette époque de l'année. La truite avait faim, et il n'y avait nul besoin de l'agacer pour qu'elle morde, mais je l'ai laissé faire, avec une certaine indulgence pour l'imagerie populaire et le très beau film de Robert Redford. Il a failli renverser le canot avec ses lancers vigoureux et imprécis, et pour finir, il m'a fiché une Mickey Finn derrière l'oreille. Ça m'a irrité. J'ai coupé sa ligne et remplacé cette saloperie de mouche par une cuillère avant qu'il n'ait le temps de protester. Puis j'ai délicatement extrait de mon cuir chevelu la bestiole, où le dard avait pénétré d'un bon centimètre. À peine Tristan avait-il remis sa ligne à l'eau qu'une touche a secoué la canne.

— Qu'est-ce que je fais? m'a-t-il dit, la voix tremblante, comme s'il tenait entre ses mains un de ses membres mutilés.

— Tu la ferres!

— Quoi?

— Tire un petit coup sec, pour que l'hameçon accroche! Mais tire, tu vas la perdre!

Il a tiré. Un sacré bon coup. Pour être ferrée, elle l'était, la pauvre truite; elle a surgi de l'eau et a décrit un joli vol plané au-dessus de nos têtes. Une petite mouchetée, dix pouces. Elle a atterri de l'autre côté du canot, au beau milieu des joncs, où elle s'est aussitôt affairée à emberlificoter la ligne par de furieux zigzags dans les roseaux. J'ai rapproché le canot. L'enchevêtrement se densifiait à chaque seconde. La puise était inutile. J'ai juré entre mes dents. Je pouvais toujours sectionner le fil, mais ça signifiait que je laissais crever le poisson dans son dédale. Je me suis demandé ce que la truite en pensait. Crever là, après des heures d'acharnement affolé, je me suis dit que ça me déplairait. J'ai retiré ma veste et ma chemise, j'ai ordonné à Tristan de faire contrepoids et j'ai plongé le bras à l'eau. Impossible de dénouer quoi que ce soit là-dessous. Le poisson m'a filé entre les doigts à quelques reprises, mais je l'ai finalement attrapé par la queue. J'ai coupé la ligne assez haut, de sorte que j'ai récupéré l'ensemble du leurre.

J'ai remonté la truite et l'ai laissée tomber aux pieds de Tristan, toute frétillante.

— Prochaine fois, un *petit* coup sec, Tristan, okay? ai-je grommelé.

— Et là, quoi...? On la laisse crever dans le fond du canot?

J'ai ramassé la truite et lui ai asséné le coup de grâce sur le rebord du canot. Mon père leur glissait un pouce dans la gueule et faisait éclater la première vertèbre d'une légère pression, mais le geste m'a toujours paru un peu trop propre et chirurgical.

Tristan était un peu pâle. Ça m'amuse toujours de voir un citadin se rendre compte de la violence inhérente à notre condition de carnivores. Voir s'effriter ce joli monde imaginaire où la truite, le poulet, le bœuf, tout sourire, nous offrent gracieusement leur chair, sur fond d'ode à la grandeur de l'humanité. Tu pièges l'animal, tu tues l'animal, tu manges l'animal, point. Si ça pose problème, il y a toujours le brocoli, dont le regard n'est pas trop pesant. Tristan a quand même remis sa ligne à l'eau, histoire de ne rien me laisser voir de ce trouble.

On n'a pas eu une autre touche avant deux bonnes heures. On a mangé les sandwiches, bu la bière. Tristan me surprenait, je ne lui soupçonnais pas une telle aptitude au silence. Il trôlait patiemment, impassible. J'ai fini par attraper une autre truite, une belle arc-en-ciel combative. Tristan s'est débattu quelques secondes avec ce qui m'a paru être un gros doré, mais il l'a laissé s'échapper à quelques mètres du canot.

Le soleil touchait la cime des arbres lorsqu'on s'est décidés à rentrer. Une petite brise ridait la surface du lac.

Un vieux Beaver pétaradant s'est pointé à l'horizon, en approche finale. J'ai trouvé l'angle de descente un peu raide, mais rien d'anormal. C'était la troisième fois que je le voyais se poser ici. Peut-être un type qui venait d'acheter un chalet à l'autre bout du lac. Je m'en foutais un peu. N'empêche, c'était n'importe quoi, cette approche. Vent arrière, en plus, et les volets à peine sortis. Des plans pour culbuter à l'amerrissage.

— Ça te manque ? m'a demandé Tristan.

J'étais certain qu'il allait me la poser, celle-là.

— Non...

Je ne m'ennuyais pas de voler, enfin, très peu. Je m'ennuyais peut-être du temps où je volais. Non, plutôt, je m'ennuyais d'être ce type, Jack, du temps où il volait, oui. Le Jack que j'étais à présent ne volait pas, n'avait jamais volé. Comment cela aurait-il pu lui manquer, me manquer ?

— Et toi, ça te manque de ne plus jouer du violon ? lui ai-je demandé.

— Du... Quoi ? J'ai... j'ai jamais...

— Tu vois. Moi non plus.

L'hydravion a redressé le nez, déployé les volets. Pas trop tôt.

— Ça te dérangerait de ramer un peu, Tristan ?

Il a haussé les épaules, puis il a remis son aviron à l'eau.

5

On commençait juste à être bien. J'avais fait les truites en papillote, avec de l'huile d'olive et de la ciboulette. On avait joué trois parties d'échecs, Tristan en avait gagné deux. Il avait la faculté exaspérante de se concentrer totalement, de se laisser absorber par le jeu comme une sorte d'idiot savant, un autiste génial ou quelque chose du genre. Il laissait des cigarettes se consumer dans le cendrier, il oubliait par instants de respirer, lisant le jeu à une vitesse folle, semblant sans cesse fomenter des scénarios de jeu par dizaines.

Après les échecs, qui m'avaient épuisé, on s'était mis au porto, un petit Graham's de dix ans. Tristan lisait Dickens, j'écoutais Bach. La grande classe. Il ne nous manquait que les cigares, les pyjamas de flanelle et un basset nommé Georges. On commençait tout juste à être bien.

Le vieux téléphone à cadran a sonné. Aigre carillon qui

m'a rappelé que, peu importaient mes propres efforts en ce sens, le monde ne m'avait pas nécessairement oublié. Enfin, moi, oui. Mais je m'étais adjoint un guignol encore frais dans la mémoire de plusieurs. J'ai passé mentalement en revue les gens qui connaissaient ce numéro, puis j'ai décroché.

— Bonsoir, Françoise.

— ... Je... Jacques ? C'est vous ?

Encore cette saleté de *vous*. Chipie. Ce petit mot qui vous autorise à dire des choses comme : « Monica ne peut plus *vous* voir, Jacques. N'appelez plus ici » ou « *Vous* n'avez que *vous*-même à blâmer, Jacques... » Je trouvais à cela un charme suranné, jadis, jusqu'à ce que je comprenne que c'était une façon de garder une certaine distance, pour les mauvais jours. Et effectivement, la preuve n'était plus à faire : ça peut toujours servir.

— C'est moi. Et vous, ça va, vous, je veux dire, vous, Françoise, ça va comme vous voulez ?

Petit silence, trois secondes *extra-dry*.

— Passez-moi Tristan.

Je me suis tâté. Pas le moindre soupçon de résistance dans le ventre. J'avais envie d'être méchant, cinglant, mais par principe ; le cœur n'y était pas. J'ai tendu l'appareil à Tristan, puis je me suis levé et je suis allé fumer sur la galerie, pendant que fiston se faisait tirer l'oreille par sa psychanalyste de mère. En tenant compte des circonstances exténuantes, Tristan m'apparaissait parfois comme l'individu le plus équilibré du monde.

J'aimais bien l'idée de le soustraire un temps aux opinions cliniques de sa mère, à son behaviorisme glacial. Tristan disait « Oui, maman » sur le même ton que s'il avait dit « Oui, docteur », les neurones englués dans un cocktail chimique. J'ai le goût de tuer, des fois.

Après une dizaine de minutes, il s'est pointé sur la galerie, avec une carrure d'avorton. J'ai grincé des dents.

— Alors, quoi de neuf?

Il m'a considéré d'un air absent. Puis il a secoué la tête, comme pour reprendre ses esprits.

— Avec ma mère, tu veux dire?

— Ben quoi, oui, avec ta mère!

— Pff... l'habituel. Paraîtrait que c'est la faute à mon père, maintenant... Il faudrait que j'arrête de *faire l'enfant*... a-t-il dit en souriant.

J'ai songé que cette consigne avait dû être accompagnée d'une flèche à mon endroit, mais Tristan m'en faisait grâce.

— Non, mais... c'est pas ça.

Il a joué un moment avec une mèche noire qui pendait sur son front. Je ne l'ai pas pressé, surpris par une gravité soudaine sur son visage.

— C'est Monica...

Stoïque, j'ai attendu la suite une bonne dizaine de secondes.

— C'est Monica... quoi, Monica? Tu m'énerves, Tristan!

— Ah! Va te faire foutre, j'essaie d'être délicat, calvaire! Elle est enceinte, bon.

— Bon.

J'ai dit « bon », comme ça, avant que les syllabes n'aient un sens. Et encore, le ventre a compris avant la tête, j'avais une barre d'acier en travers de l'abdomen. J'étais assis, ce qui était une bonne chose.

— Bon... ai-je répété, comme un réflexe, histoire de vérifier si j'avais toujours une langue, des cordes vocales et un restant de souffle.

Bon.

6

J'ai très mal dormi. Je n'ai pas dormi, je crois. Le silence était assourdissant. Je me suis levé plusieurs fois durant la nuit. Boire un verre de lait. Pisser. Fumer une cigarette. Juste pour enfiler le peignoir, allumer la lampe et descendre l'escalier. Bouger. Dès que je cessais de bouger, les mêmes souvenirs revenaient, chaque fois plus précis, plus vifs. Des détails que je croyais avoir oubliés, qu'à vrai dire je croyais n'avoir *jamais sus*. L'heure exacte à ma montre, le niveau de la jauge de carburant, la couleur de la robe de Monica, le carnet de vol sur ses genoux; chaque fois que je me repassais le film, trois ou quatre de ces bagatelles se glissaient dans le cadre. Et des sons, et des odeurs.

Je pousse lentement la manette des gaz, le Cessna 172 s'ébroue, s'arrache à son immobilité, toute la carlingue vibre. Il y a une petite brise de six nœuds, de face. Le soleil sur la peinture bleue, fraîche de deux jours. Il a fière allure, mon zinc. Il aime bien que je l'appelle « mon zinc », ça lui donne de l'assurance, il se prend pour un Spitfire de la Seconde Guerre. Comme je le fais pivoter, j'aperçois la camionnette rouge de Raymond qui s'amène par la route de gravier. Qu'il m'attende, je me dis, on n'avait rien de prévu. Les touristes attendront un peu, j'en ai pour vingt minutes au plus ; Monica veut voir la maison, notre vieille maison toute neuve, du haut des airs. Je lui ai montré des photos, mais elle m'a répondu que « c'est pas pareil, allez, dis oui, tu m'emmènes jamais ! » J'ai dit oui. Ses yeux, à ce moment. Toute la gratitude du monde dans ce regard de gamine. J'aligne l'avion, je mets les gaz au fond, relâche le frein. C'est une piste de brousse, sans tour, sans fuel ni mécano. Une bande de bitume en pleine forêt, et pas extrêmement longue non plus. Sans être casse-cou, il faut tout de même grimper assez vite pour passer la cime des épinettes noires, surtout avec une hélice à pas fixe. Monica porte une robe légère, avec des motifs imprimés. Des lys, oui. Jaunes, bleus et blancs. Elle pose une main sur mon genou. Elle me sourit en inclinant un peu la tête, elle cligne des yeux. J'enlèverais bien mes verres fumés, pour qu'elle voie à quel point je lui souris aussi. Mais mes mains sont plus utiles sur les commandes, je me dis. J'aurai tout le temps pour lui sourire. Le zinc prend de la vitesse. Je donne un peu de palonnier à droite, pour compenser le mouvement de lacet habituel. La main collée à la vitre, Monica salue Raymond qui vient de descendre de son vieux Ford. Tiens, c'est drôle, elle a mis du parfum. Je ne le perçois qu'un instant, du jasmin, perdu dans les vapeurs robustes de carburant. Elle regarde devant à présent. Elle trouve sans doute la piste courte et les épinettes hautes.

C'est vrai que, si on n'y connaît rien, la distance peut inquiéter. Cinquante-cinq nœuds, cinquante-huit, le Cessna veut prendre l'air, je le retiens, soixante, okay mon vieux, à toi. Les pneus quittent la piste, le moteur vrombit, le zinc jubile. Monica a le visage collé à la vitre, une main sur mon genou, elle regarde le sol qui s'éloigne.

Le moteur a un hoquet. Monica sursaute violemment. Du coin de l'œil, je devine ses traits qui se figent. Je n'ai pas le temps de penser à ses traits qui se figent, et pourtant, du coin de l'œil, j'ai vu. Il faut que je pense moteur. Le moteur a eu un raté, il y a de cela trois dixièmes de seconde. Au moment où j'énonce mentalement cela, il remet ça. Détonation, pré-allumage, bouchon de vapeur, crisse, quoi? Et encore, et cette fois, il tousse carrément. Si je maintiens l'angle de montée, c'est le décrochage à très court terme. Cinquante-deux nœuds. La pompe à carburant? Neuve. Magnétos? Que les deux flanchent au même moment est statistiquement impossible. *Fucking impossible*, on s'entend. Il tousse, menace de s'étouffer. Le fuel? Soupapes d'admission? Bougies? Voilà, le moteur s'étouffe. Et pourquoi nom de Dieu de merde suis-je en train de me demander pourquoi le moteur vient de caler alors que ça ne me sert strictement à rien? J'ai perdu deux secondes à essayer de répondre à une question inutile. L'avertisseur de décrochage hulule dans le cockpit, les ailes cherchent le vent. On est à trente pieds, je viens de perdre l'effet de sol. Et merde. J'ouvre les volets à quarante degrés, j'appuie sur le manche. «Ça va aller!» que je m'entends gueuler à Monica. J'en doute fort, je ne sais pas pourquoi j'ai crié ça, peut-être que je lui mens, mais si elle me fait confiance encore quelques secondes, si je peux lui épargner un instant de terreur, c'est ça en fait, je crois, je ferais tout pour lui épargner ce moment, il faut qu'elle me croie, *surtout si je mens.* Il reste cinquante pieds de piste. C'est ridicule. On touche, tout le châssis craque, je crois qu'un pneu a éclaté, puis presque aussitôt on quitte l'asphalte pour les herbes hautes. Je regarde venir les troncs sombres, pas une de ces saletés de commandes ne répond, ce à quoi le zinc rétorquerait qu'il n'est pas une Jeep, pauvre con, et il aurait raison. Il est trop tôt pour dire, deux secondes trop tôt, mais il se pourrait que le cockpit passe entre deux de ces arbres monstrueux qui bordent le bout de la piste. Oui, on dirait que, et les ailes devraient freiner tout ça, je suis attaché, moi ? Bien sûr, toujours. Les cahots du terrain projettent toutes sortes d'objets dans le cockpit. Une clé de huit. Une brosse à dents. Un bic bleu, avec le capuchon rongé. Je jette un coup d'œil à la ceinture de Monica, Monica qui crie. Il y a un moment déjà qu'elle crie. Pas un cri d'hystérique ; juste une longue plainte, grave, venue du ventre. Les yeux grands ouverts. Comme elle est belle, dans sa robe fleurie. C'est ma femme, et elle sent bon. Et sa ceinture est bouclée.

Le choc.

7

Au milieu du lac, dans la brume opaque de l'aube, j'ai été pris de nausée. Comme si au sein de cette soie diaphane, de ce placenta à mi-chemin entre l'eau et l'air, je n'étais plus le bienvenu. Cette douce absence du monde, soudain, me donnait le vertige, me retournait l'estomac. J'ai remonté le sentier abrupt vers la maison la mort dans l'âme, ou plutôt avec le sentiment d'avoir été floué, expulsé de la zone de confort de moi-même. Comme un moine bouddhiste qui se retrouverait soudain incapable de faire le vide en son esprit à cause d'un ongle incarné.

J'ai préparé du café. Tristan ronflait toujours. Je suis allé à la remise pour m'occuper, ranger des outils, faire un peu de ménage dans ce foutoir. Bouger. J'ai retrouvé une hache que je croyais avoir perdue en forêt et un tournevis électrique encore emballé, jamais utilisé, acheté puis égaré aussitôt. J'ai trié des vis et des boulons durant une bonne heure. Puis en rangeant dans le faux plafond quelques retailles de bois, mon regard est tombé sur mes deux planches de surf, qui depuis quelques années se contentaient d'amasser la poussière. Je me suis dit qu'un petit coup de chiffon leur ferait plaisir, à défaut de revoir la mer. Je les ai extirpées du fouillis au milieu duquel elles gisaient et les ai alignées toutes deux, la *longboard* et le *fish*, sur le côté de la remise. Considérant l'épaisseur et la viscosité écœurante de la crasse brune, mêlée aux résidus de cire antidérapante, qui recouvrait entièrement les deux planches, je suis retourné à la cuisine chercher de quoi en venir à bout.

Tout en frottant la surface de fibre de verre, ressuscitant le jaune serin, l'orangé, le bleu translucide des ailerons, je me suis demandé si je saurais toujours surfer. Non pas simplement grimper sur la planche — j'avais appris le surf avant la bicyclette —, mais plutôt si j'avais encore le nerf qu'il fallait, l'audace insolente. La question n'avait rien de rhétorique. À y réfléchir, en fait, il n'était pas tant question d'audace, de culot, que de *désir*. Là était le nœud de l'affaire : étais-je encore capable d'une telle intensité de désir ? Car bon, le surf exige un minimum de souffle, des épaules d'acier, du sang-froid, de l'instinct, mais par-dessus tout, il demande un désir phénoménal. J'étais loin d'être mort, je désirais encore des choses, comme un café convenable le matin, écouter les suites pour violoncelle, manger de la truite et savoir dans quel contenant je peux trouver un boulon de huit. Il m'arrivait de désirer une femme, fugitivement. Mais dans tous ces cas, à une exception près, le prix à payer était relativement dérisoire. Surfer était autre chose. Surfer en hiver, du givre plein les cheveux, grelottant malgré le néoprène dans les embruns glacés m'apparaissait désormais comme le comble du masochisme, signe d'un trouble mental grave. Et pourtant je l'avais fait, écumant une à une les plages de la Nouvelle-Angleterre en février, à l'affût des dernières tempêtes tropicales venues mourir sous nos latitudes, les lèvres bleues, le cœur en fusion. Je me suis demandé où était passé ce désir. Et cette question-là, elle, était parfaitement rhétorique.

J'ai mis deux heures à astiquer les planches et à leur redonner quelques couleurs. Tristan m'a fait sursauter lorsque je l'ai aperçu du coin de l'œil, planté derrière moi, une tasse de café à la main.

— Comme neuves, hein... a-t-il dit pensivement.

— Hmm.

— Ça fait longtemps?

— Deux ans et demi, trois, je sais plus...

J'ai fouillé de nouveau la remise pour retrouver ma petite trousse de réparation à l'époxy. Le nez de la *longboard* portait encore la marque d'un récif que j'avais frappé au Costa Rica, une encoche profonde prolongée d'une fissure de dix centimètres, incident au cours duquel je m'étais amoché le genou droit assez sérieusement. Fracture de la rotule. Maintenant, je sens venir les orages.

Tristan observait par-dessus mon épaule la délicate chirurgie que je pratiquais.

— Alors, c'est quoi l'idée, Jack?

— Je m'occupe.

Il est resté planté derrière moi un moment. Je savais qu'il cherchait une manière de ramener Monica sur le tapis, de me faire parler de ça. Dans l'espoir d'alléger les choses, sans doute, de me faire prendre conscience que ce n'était rien, au fond, que ça me perturbait pour des raisons insignifiantes. Je n'avais pas besoin de le regarder pour deviner, c'était comme une vibration, dans mon dos. La longueur d'onde de la compassion malaisée, reconnaissable parmi tant d'autres.

— Bon, Monica, c'est un choc, mais fallait bien que t'en reviennes un de ces jours, hein...

Tiens, la tangente pragmatique. Prévisible pudeur. Parfois, ça m'emmerde de lire ainsi les intentions des gens. Surtout lorsque cette faculté s'évapore du moment où elle pourrait m'être d'une quelconque utilité.

— J'en reviens, Tristan, j'en reviens sans cesse... Je ne fais que ça.

— Bon, alors quoi... On va surfer ? m'a-t-il demandé gaiement.

J'ai ricané.

— Un peu trop cliché à mon goût, ai-je dit aigrement.

Il a laissé échapper un râle dégoûté.

— Ouais, c'est ça. Trop cliché, bien sûr...

J'ai essuyé méticuleusement une bavure d'époxy.

— ... Il ne faudrait surtout pas que Jacques Dubois se comporte de façon cliché, non... Qu'il soit prévisible, sain mais sans aucune originalité, hein ?... Il a besoin de se sentir unique, notre Jack, sa souffrance est un grand cru, un millésime ! pas une peine commune... vulgaire, non, pas lui...

J'ai lentement tourné mon visage vers lui, en lui servant mon air le plus impassible.

— Comme elle est belle, ta douleur, Jack ! Tu te surpasses !

Il a soutenu mon regard avec une sorte de rage, un temps. Le silence, comme une braise dans son poing fermé. Tristan a du mal avec le silence. C'est sa faiblesse. Ma force. Oui, *ma force*, sans doute.

— Reste beau, Jack. Va te faire foutre.

Il a tourné les talons. J'aurais préféré perdre ce petit duel. Et pourtant, je n'étais pas convaincu de l'avoir gagné.

8

Après quelque temps du régime imposé, Tristan s'est mis à trépigner. C'était imperceptible —, il ne m'aurait pas donné si facilement satisfaction — mais c'était là. Un accablement subtil. On avait laissé le téléphone s'égosiller une soirée entière, puis je l'avais simplement débranché. Si elle tenait tant à parler à Tristan, Françoise n'avait qu'à se taper la route dans sa Mercedes de l'année. Elle n'y tenait manifestement pas à ce point.

Pour ma part, j'avais cru pouvoir enterrer cette histoire de grossesse, comme tout le reste, en buvant jusqu'à la lie l'âpre sentiment, en le laissant traverser mes résistances, inlassablement. Mais mon seuil de tolérance approchait, et le voltage ne faiblissait pas. Le flacon d'Ativan périmé était presque vide, le sommeil-abattoir me laissait pantois de fatigue au matin, avec un goût d'oignon dans la bouche qui persistait des heures durant. Sur une note positive, la maison était d'une propreté irréprochable, la pelouse impeccable, et j'avais coupé du bois de chauffage pour les deux prochaines années.

Tristan ne m'avait pas reparlé de sa sœur. On jouait aux échecs, on discutait peu, et il me laissait me débattre seul avec tout ça, comme je le souhaitais.

J'ai bouffé les cinq derniers Ativan sur un coup de tête, un soir, avec un plein verre de rhum, dans l'espoir ridicule que la grossièreté de la posologie assommerait une fois pour toutes cette indécise sensation de perte qui me rongeait l'estomac depuis dix jours. Cette sensation n'était pas neuve, loin s'en faut; elle m'était familière, une vieille connaissance. Et pourtant, elle s'était muée en quelque chose d'autre, et semblait s'être dotée d'un nouvel attribut féroce : la permanence.

J'ai dormi une quinzaine d'heures et j'ai mis une bonne minute, au réveil, à me souvenir de mon nom. Une fois assis au bord du lit, dodelinant de la tête, la bouche pleine de craie, je me suis mis à le prononcer à haute voix, comme pour ne pas l'oublier. J'ai descendu les escaliers en titubant, sentant monter en moi une rage confuse. J'ai traversé le salon à poil devant Tristan, en marmonnant « okay, okay... », comme un mantra. Je suis sorti sur la galerie, j'ai dévalé le sentier en butant sur les arbres au passage, et, arrivé au bout du quai, je me suis jeté dans l'eau glaciale du lac. M'attendant à un violent choc nerveux, la douceur de la sensation m'a surpris. Mon corps gourd semblait ne rien vouloir éprouver, si bien que le froid ne m'est apparu que comme une sensation lointaine, qui me concernait bien peu. J'ai ouvert les yeux, regardé la surface, et j'ai attendu. Je me suis demandé combien de temps il faudrait à l'écume pour disparaître au-dessus de ma tête, combien de temps les ondes concentriques que ma chute avait provoquées à la surface mettraient à atteindre la rive opposée, ou simplement à s'évanouir à mi-chemin, sous l'effet du vent, des courants, de l'inertie inhérente des fluides. En combien de temps le lac effacerait-il ma trace, les derniers signes de ma petite présence ? À quel moment n'aurais-je plus cette responsabilité ignoble de remonter à la surface, de respirer, de poser mes mains sur le quai, de me hisser péniblement, grelottant, hors de ce suaire ? J'ai planté mes doigts profondément dans la vase du fond, me cramponnant, j'ai attendu. Mon cœur a ralenti, l'envie de respirer allait et venait, comme autant de spasmes réprimés. Si on avait pu me garantir que je n'avais qu'à inspirer un grand coup pour que tout ça disparaisse, si j'avais eu l'assurance que mon instinct se tairait, qu'il m'épargnerait une suffocation lamentable et la bête demi-noyade, je l'aurais fait. Ça n'avait rien de profond, de réfléchi, ou de grave. Une envie, simple.

J'ai remonté le sentier péniblement, les genoux flageolants. Le froid commençait à mordre. Je me suis râpé un tibia dans l'escalier de pierre qui mène à la galerie. Ça, je l'ai très bien ressenti. L'Ativan capitulait devant mes méthodes barbares. Après avoir désinfecté la plaie sale et m'être séché, je suis remonté à l'étage pour m'habiller. En m'observant dans le miroir, je me suis trouvé un air lugubre, un teint livide de mort vivant. Je me faisais peur. J'ai pincé machinalement ma joue grise, seulement pour y voir la peau rosir, le sang affluer.

Je sentais mes dernières réserves tirer à leur fin. Étrangement, l'unique sensation franche à ma portée était un étonnement presque tranquille, et une sorte de curiosité, aussi. En me dévisageant dans la glace, je sondais mon regard, je me demandais si je touchais enfin le fond de cette histoire navrante, ou s'il y avait plus creux, et à quoi pouvait ressembler ce *plus creux.* Peut-être que plus creux, je serais mieux. Peut-être étais-je déjà plus creux, peut-être cette apathie, cette indifférence grandissante était-elle la marque d'une descente, d'une plongée sans plateaux, sans heurts, plongée si suave que l'impression de mouvement s'était perdue, dissipée quelque part juste sous la surface, là où vit la plus grande part de notre faune, là où vivent la douleur, la colère, la rancœur, squales redoutables, qui maintenant planaient au-dessus de ma tête. Je ne combattais pas cette plongée, par indolence sans doute, si habitué que j'étais à remonter sans le moindre effort, serein comme un bouchon de liège. Cette fois, le bouchon ne remontait pas. Et je n'arrivais qu'à en être vaguement étonné.

Je ne sais trop combien de temps je suis resté ainsi, debout devant la glace. Je sais que lorsque Tristan a ouvert la porte de ma chambre, le soleil se couchait. La lumière orangée filtrait à travers le rideau de tulle blanc. L'irruption de Tristan m'a étourdi, j'ai dû m'asseoir. Il m'a dévisagé un long moment. Puis, sans me demander mon avis, il s'est mis à fouiller mes tiroirs, à en tirer des vêtements et à les jeter pêle-mêle sur le lit. Je n'ai pas cherché à comprendre, tout m'était atrocement égal.

— Viens, Jack, m'a-t-il dit enfin, tenant sous son bras le produit de ses fouilles.

Je n'ai pas protesté, je l'ai suivi en bas. J'ai songé qu'il me faudrait sûrement manger quelque chose. J'ai trouvé un reste de pâtes, que j'ai avalées sans plaisir, à même le contenant de plastique, debout dans la cuisine. Tristan s'affairait à je ne sais trop quoi, il allait et venait, avec un air résolu sur le visage. Je me suis ouvert une bière et je l'ai regardé faire. Après une vingtaine de minutes, après avoir inspecté attentivement chaque pièce, il s'est planté devant moi.

— Okay, on y va, a-t-il dit simplement.

— Ah. Où ?

— Je ne sais pas, on part, c'est tout. On verra où plus tard.

Je l'ai fixé longtemps. Je me demandais où il voulait en venir avec ça.

— Non, ai-je fini par dire.

Ce n'est pas que j'étais nécessairement contre l'idée, mais il avait intérêt à m'expliquer un peu. Il ne m'a rien expliqué du tout, il m'a juste envoyé sa main sur la gueule sans prévenir. J'ai porté la main à ma joue, incapable de comprendre ce qu'il y avait d'insultant dans ma réponse.

— On y va, Jack. C'était pas une question.

Il était d'un calme étonnant. Un monolithe. Mon beau-frère dingue, debout comme un monolithe. Comme je ne bougeais pas, il a poursuivi.

— Regarde, franchement là, t'es vraiment en train de perdre les pédales, okay ? Tu t'enfonces dans ta tête, Jack, et c'est devenu impossible de te parler. Depuis deux jours, c'est comme si je m'adressais à un mur, t'entends plus rien, c'est hallucinant ! Je ne sais pas si c'est l'endroit, mais faut bouger... Honnêtement, Jack.

— Ben, je te retiens pas, Tristan. Retournes-y, en ville,

jouer au malade mental. Et laisse-moi m'arranger, ça va aller... Je... je...

J'ai réfléchi une seconde.

— ... J'absorbe, c'est tout. Et puis je fais de mal à personne. Tu peux comprendre ?

— Ce que je comprends, Jack, c'est que pour une fois, ça te dépasse. (Je crois qu'il a souri, à cet instant.) Ce que je comprends, merde, c'est que moi, eh ben ! je comprends pas mal mieux que toi ce qui t'arrive, okay ?

On s'est regardés en chiens de faïence. Et tranquillement, j'ai senti que j'allais céder, que l'orgueil craquait comme une digue qui se fissure. J'essayais de colmater, me fouettant silencieusement, injuriant ma faiblesse, tonnant entre mes quatre murs que ce serait bien le comble de l'écouter, lui, ce petit con de saboteur que j'avais tiré de toutes les emmerdes imaginables, trop souvent pour en faire le compte, lui, le beau-frère névrosé, le mouton noir, la plus fabuleuse source de migraines pour une famille entière, lui, lui ! Lui ? Qu'est-ce que ça faisait de moi, nom de Dieu ?

— Okay, j'ai dit.

J'ai regardé à la fenêtre. Les deux planches de surf étaient fixées sur le toit de la Buick.

— Faut mettre les ailerons vers l'avant.

9

Je me suis endormi après une quinzaine de minutes de route. Je n'aurais pas dû, parce que Tristan s'est perdu dans le parc du Mont-Tremblant en cherchant un endroit pour acheter des cigarettes. Il a fini par me réveiller et on a mis une autre heure à rejoindre l'autoroute vers Montréal. Sans cigarettes. Sacré départ. J'ai fouillé le coffre à gants et y ai retrouvé une vieille cassette des Clash, qui nous a consenti trois chansons avant de se débobiner dans la machine. On s'est arrêtés à la Porte du Nord pour les cigarettes et deux sandwiches, puis on a écouté Bob Marley jusqu'à Montréal.

On a convenu qu'on passerait la nuit chez Tristan, et qu'on reprendrait la route de bon matin. En fait, Tristan a convenu de cela avec lui-même, parce que je n'en avais rien à foutre de cette connerie de balade thérapeutique.

Tristan habitait un chic condo dans le Vieux-Montréal,

qu'il avait payé en liquide après une série particulièrement chanceuse ou brillante de placements. Et à voir la gueule qu'il a faite en consultant les cotes sur Internet sitôt arrivé, je me suis dit qu'il devait lui rester à peu près juste ça, un chic condo. Ce qui n'était somme toute pas si mal payé pour moins d'une année de travail. Barman à deux pas de la Bourse, il en avait appris les rouages en silence, épiant les conversations des courtiers, prenant discrètement des notes, demandant un tuyau de temps à autre, l'air de ne pas y toucher, toujours sur le ton inoffensif du type qui ne veut que faire un brin de conversation. Prenant de l'assurance, il avait donné sa démission au bar, et ça avait commencé à foirer. On se croit si intelligent.

— Hé, Jack! Cognicase, je vends?

— Quoi?

— Dis oui ou non, ça revient au même.

— Vends.

Il a cliqué sur la souris.

— Vendu.

— C'est quoi comme compagnie?

— Solutions informatiques ou quelque chose. Tout ce que je sais, c'est que j'en ai acheté pour dix mille à quarante-six et que je vends à vingt...

— Dur.

On a passé un moment à remodeler ainsi son portefeuille d'actions. Ça avait quelque chose de comique, d'irréel. Il ne fallait pas y réfléchir trop, sans quoi on commençait à faire des liens, à se sentir responsable de la sécheresse au Soudan et des bordels de Bangkok. Après avoir flambé dans les environs de cinquante mille dollars virtuels à vendre des titres à perte — j'avais cessé de tenir le compte —, on s'est couchés.

Le tumulte feutré de la rue m'a réveillé. J'avais la tête moins lourde, sans l'Ativan. Tristan était debout et s'était déjà préparé un imposant sac de voyage.

— Allez, Jack, je t'invite à déjeuner. Cognicase est tombé à quatorze, tu m'as sauvé un petit mille !

— Super. Quand tu décides de prendre les choses du bon côté, toi, c'est quelque chose, franchement...

— Faut bien, hein...

— Conneries.

On est sortis. Il faisait un beau soleil tout neuf, en acier inox. On est allés mettre le sac de Tristan dans la Buick, puis on a marché rue Saint-Paul jusqu'à un petit café italien qui faisait un espresso comme à Naples, selon Tristan. Le fait qu'il n'ait jamais mis les pieds à Naples ne semblait en rien ébranler cette certitude. On s'est assis le long de la baie vitrée, ouverte sur la rue. Ça sentait le diesel.

— *I love the smell of napalm in the morning*, ai-je dit sans réfléchir, avec un mauvais accent texan.

— Robert Duvall, *Apocalypse Now*. Trop facile, Jack.

J'avais oublié ce petit jeu qu'on avait à l'époque, moi et lui. On pouvait y passer des heures, ce qui exaspérait Monica au plus haut point, elle qui n'avait aucun respect pour notre répertoire.

Tristan nous a commandé du café et des pâtisseries. J'ai feuilleté un journal, puis Tristan m'a secoué le coude. J'ai relevé les yeux. Il avait un air ahuri.

— Te retourne pas tout de suite, mais il faut que tu voies... La fille qui travaille, derrière le comptoir, à neuf

heures... Non, mais attends ! Elle regarde ici... ! Attends...
Okay, regarde...

Je me suis retourné légèrement.

— Hmm. Elle a quelque chose.

Il m'a regardé avec des yeux ronds.

— Ah bon, ai-je corrigé, tant que ça ?

Il a hoché la tête. J'ai regardé de nouveau. Pas nécessairement mon genre. Vingt-deux, vingt-trois ans peut-être,
les cheveux sombres, le teint méditerranéen, et un air pas
commode du tout. J'ai croisé son regard noir et j'ai compris un peu mieux, sous l'effet d'une drôle de petite
décharge électrique. Il y a des gens comme ça, qui vous
braquent leur regard au fond du crâne, sans crier gare, un
regard sans filtre, limpide, qui donne soudain l'impression
d'être nu, alors qu'à y réfléchir cette nudité troublante n'est
pas la nôtre. On dit, comme ça, *un regard qui vous met à
nu*, alors que c'est exactement l'inverse, il me semble. Je
n'ai pas soutenu son regard plus d'une seconde.

— Ouais, je vois.

J'ai repris ma lecture, laissant Tristan à son trouble,
que je devinais agréable. Au bout d'un moment, des voix
se sont élevées derrière le comptoir. C'était justement cette
fille qui discutait âprement avec un gros trapu en sueur,
qui avait une indéniable tête de patron. Comme bientôt la
plupart des clients attablés autour, on a observé la scène,
qui semblait s'envenimer à grands coups de gestes extrêmement latins. Puis la fille a vivement dénoué son tablier
et l'a jeté au visage du patron en lui exprimant quelque
chose de très impoli en espagnol. Comme elle attrapait
son sac à main sous le comptoir, le gros l'a empoignée fer-
mement par le bras. Erreur. Elle s'est figée et l'a foudroyé

du regard, et avec les yeux qu'elle avait, j'ai eu pitié du bonhomme. Il a relâché sa prise presque aussitôt et la belle Espagnole est sortie du café en proférant des injures sifflantes entre ses dents.

Tristan s'est levé d'un bond.

— Je suis amoureux, Jack, a-t-il décrété avec un grand sourire niais, en la regardant s'éloigner sur le trottoir.

Puis il s'est précipité par les baies ouvertes et a rattrapé la fille au feu rouge, dix pas plus loin. J'ai tendu le cou, en me disant que ça y était, qu'il était décidément reparti sur un *high* de belle envergure. Je me suis demandé comment il allait s'y prendre, l'animal, tout en souriant malgré moi devant son culot. Des bribes de leur échange me sont parvenues, et j'ai commencé à comprendre que Tristan lui offrait de partir avec nous, qu'on allait traverser l'Amérique, qu'il n'y avait rien de plus beau que le Grand Canyon, bref, un chapelet délirant qui, je dois l'admettre, avait le mérite de forcer l'attention de la fille. Elle lui a même souri une fraction de seconde, juste avant de lui donner congé, d'un geste doux mais sans équivoque. Tristan est resté les bras ballants à l'intersection, la regardant s'éloigner d'un pas presque léger, tout de même.

— Bel effort, honnêtement, lui ai-je dit lorsqu'il est enfin venu se rasseoir.

— Ouais... T'aurais dû la voir sourire, Jack...

On a terminé notre café tranquillement, en observant les passants. J'ai essayé d'entamer une petite partie d'échecs, mais ça le laissait tiède. À sa façon de grignoter lentement son croissant, j'ai deviné qu'il espérait secrètement que la fille changerait d'avis et reviendrait sur ses pas. Je n'ai rien dit, j'ai pris un autre café, même si je n'y croyais pas un seul instant. Après une demi-heure de cette attente vaine, il s'est décidé à régler l'addition. On est retournés à la voiture, après avoir acheté quelques provisions pour la route.

J'ai fait le plein d'essence avant le pont, qui était complètement embouteillé à la suite d'un accident. Rien pour améliorer notre moyenne. À ce rythme, on atteindrait la frontière dans deux semaines.

J'aurais rechigné à l'admettre, mais je ne me sentais pas trop mal ; à mille lieues, du moins, de mon petit moment au fond du lac, assis dans la vase. D'avoir simplement de nouvelles choses sur lesquelles poser mon regard me distrayait. Mais, suivant la même logique, j'étais un peu irrité aussi ; irrité de constater que, dans la vie, un peu de mouvement vous fait perdre toute perspective. Et inversement, je commençais à douter que l'immobilité puisse être garante d'une quelconque vérité, ou même de quoi que ce soit, tant qu'à y être. Certitudes fluctuantes.

Tristan s'est ouvert une bière au milieu du pont, insouciant comme si on était déjà au Tennessee. J'ai pensé à Monica. J'ai songé que ce que je ressentais n'avait plus grand-chose à voir avec elle. Durant les dix derniers jours, sans doute était-ce précisément ce constat que j'avais repoussé de toutes mes forces, à coups de silence et d'anxiolytiques. Je me rendais compte qu'il y avait Monica, quelque part en moi, mais qu'il y avait aussi *l'idée* de Monica, idée bien trop lourde à porter pour un seul être humain, une seule femme, fût-elle Monica Molinari. Elle, l'être physique qu'elle était, n'avait plus prise sur moi depuis longtemps. J'avais presque oublié l'odeur de sa peau, le timbre de sa voix. Il y avait des années que son absence ne me pesait plus, que la grande mélancolie noire avait égaré mon adresse. Mais il restait quelque chose. Une peine distillée mille fois, une essence pure, débarrassée des images si précises qui l'encombrent et l'obscurcissent. Une peine rarement visitée. Entièrement mienne. Et peut-être était-ce cette propriété exclusive que je refusais. J'aurais voulu pouvoir en déléguer un peu, faire porter à un être tangible une part du poids. En l'occurrence Monica. Mais comment faire porter quoi que ce soit à un spectre? À toutes fins utiles, j'étais seul responsable de mon état. Seul tributaire, à tout le moins. Et Monica était enceinte. Bref apogée. Je me suis demandé comment elle l'appellerait. Justin ou Aurélie, j'aurais préféré pas. Elle n'aurait pas cette indécence.

Pendant un court instant, en mon for intérieur, je lui ai souhaité du bonheur. Ai-je vraiment prononcé le mot «bonheur» en moi-même? Je ne crois pas, c'était juste une vague bienveillance, comme un courant d'air tiède dans la poitrine. Pendant ce court instant seulement, je me suis senti léger comme une plume, triste comme une pierre. C'était la même chose.

10

— Freine, Jack, freine !

Qu'est-ce qui lui prenait de me bramer comme ça dans les oreilles, ce con ? J'ai freiné en catastrophe quand même, ça avait l'air urgent, et je me suis rangé sur le côté de l'autoroute, qui commençait tout juste à déboucher.

— Bon, tu m'expliques ? ai-je grogné.

Il regardait derrière pour toute réponse. J'ai pensé qu'on avait dû frapper une bête ou perdre une des planches, mais, jetant un coup d'œil par-dessus mon épaule, j'ai compris. Je n'y ai pas cru tout de suite, c'était d'un loufoque consommé. Tristan a ouvert la portière, il est sorti, tout sourire.

— Es el destino, señorita ! a-t-il tonné par-dessus le vacarme des camions.

À son air interdit, j'ai constaté que la señorita en question n'y croyait pas plus que moi. Méfiante, elle m'a paru jongler un moment avec l'idée d'un bas traficotage de ce fameux *destino*. Elle m'a lancé un bref regard, par la lunette arrière. J'ai haussé les épaules en regardant au ciel, tentant de lui faire voir que j'étais — contrairement à Tristan, pour qui tout s'agençait parfaitement dans le cosmos — aussi ébahi qu'elle. Ça a paru la rassurer. Elle s'est amenée avec son sac à dos et a grimpé à l'arrière sans dire un mot. J'ai redémarré en trombe, dans le trafic dense.

— J'ai une théorie sur les coïncidences... a commencé Tristan, s'adressant à notre passagère.

— Ah bon, t'as une théorie, toi... ai-je coupé en échappant un petit ricanement.

— Absolument. Tu vois, une coïncidence, c'est comme un cadeau, un signe évident qui arrive quand on a ignoré les signes plus subtils. C'est un peu comme Dieu qui crierait plus fort, parce qu'il voit bien que t'es un peu dur d'oreille...

J'ai failli m'étouffer.

— Dieu... ?!? J'ai bien entendu là ?

— Dieu, bof, au sens large, merde... Le cosmos, si tu préfères, on s'en fout, non... ?

— Je ne préfère rien. Le cosmos... n'importe quoi. C'est juste un petit mot pudique, une façon de maquiller... T'as dit « Dieu », ben assume. Et puis tiens, moi aussi j'ai une théorie sur les coïncidences. Une coïncidence, c'est un petit événement parmi dix mille petits événements qui arrivent dans une journée. Mais celui-là, tu lui trouves un sens et paf! t'en fais tout un plat, pendant que t'oublies les neuf mille neuf cent et quelques autres, précisément parce qu'ils sont ordinaires. C'est tout.

— C'est un peu déprimant, a dit la fille. J'aime mieux

65

la première théorie. Pas très scientifique, mais bon, c'est l'été, quand même... a-t-elle ajouté avec un sourire.

Elle avait un soupçon d'accent, hybride, un peu râpeux.

— Moi aussi je préfère ma théorie, s'est empressé d'ajouter l'ahuri.

— On s'en doute. T'aurais pas lu ça dans *La Prophétie des Ânes*, toi?

— *Des Andes*, imbécile. J'y avais pensé avant.

— C'est ça, ouais. Ils te laissent lire n'importe quoi à l'hôpital...

Je me suis interrompu et j'ai jeté un œil dans le rétroviseur.

— Moi, c'est Jack, au fait. Le mystique à côté, c'est Tristan, au cas où tu ne le savais pas.

Elle a eu un petit rire.

— Moi, c'est Nuna, a-t-elle dit en me tendant la main entre les deux sièges.

Je l'ai serrée. Une poigne franche, solide. Ça m'a plu.

— T'es Espagnole?

— Catalane.

Tristan lui a dit un truc incompréhensible, plein de consonnes chuintantes, et elle a ouvert de grands yeux. Il m'étonnerait toujours. Il avait dû passer deux semaines à Barcelone, bourré à s'en fendre l'âme, et il avait quand même retenu un peu de catalan.

— C'est tout ce que je sais dire, s'est-il excusé.

— C'est déjà trop, a-t-elle répondu en souriant.

Il n'y a rien comme une langue étrangère pour se donner le cran de dire des horreurs à une fille que l'on connaît depuis deux minutes. Un perroquet qui débite des gros mots. Ça doit même faire l'objet d'une convention internationale quelconque, ou la déclaration des droits de l'homme, si ça se trouve. Article 268 : « Tout être humain bénéficie du droit inaliénable de proférer des insanités et de grossières avances sexuelles dans une langue qui n'est pas la sienne et dont il ignore jusqu'aux rudiments, dans la mesure où cela procède d'un apparent désir d'apprentissage, et ce, jusqu'à ce que ça cesse d'être drôle, ou jusqu'à la première gifle, selon la première occurrence d'un de ces deux termes. » Faudrait vérifier.

— Ça faisait longtemps que tu travaillais au café ? ai-je demandé.

— Trois jours.

— Et pourquoi... euh...

— Pourquoi je me suis fâchée avec le gros con ? Parce que je refusais de porter le tee-shirt de l'uniforme. Un tee-shirt pour bébé, blanc, serré, tu vois ce que je veux dire... ? Vulgaire pour mourir ! Dans un *truck stop*, passe encore, je peux comprendre, mais au centre-ville, quand il y a seulement le patron que tes seins intéressent... *Porco*...

Comme il est de mise en de pareilles circonstances, Tristan et moi on a pris un air consterné, en secouant la tête. Suffit qu'une fille prononce le mot « seins » pour qu'on se mette à se demander de quoi ils ont l'air. C'est involontaire, comme la dilatation des pupilles, il faudra leur expliquer un jour. Tristan a poussé un soupir affligé de trop.

— Oh mais ! Allez vous faire foutre, vous deux ! Comme si ça vous scandalisait !...

Elle nous a gratifiés chacun d'une taloche derrière la

tête, puis on a tous éclaté de rire. Elle a fouillé son sac à dos, en a tiré l'infâme vêtement et l'a jeté par la fenêtre.

— Faites-en votre deuil tout de suite, les gars, c'est réglé... Je sais même pas pourquoi je l'avais mis dans mon sac.

— Ben voyons, tu nous connais mal... ai-je dit, c'est super, ce que tu portes...

Je n'en pensais pas un mot. Collants mauves et bottes d'armée, pas vraiment mon genre.

— Bon débarras! a renchéri Tristan en regardant s'éloigner la tache blanche sur le bord de la route.

— Ouais, ouais, c'est ça... a grincé Nuna.

Elle a allumé une cigarette, une Benson menthol.

— Alors, vous allez où comme ça? C'était vrai ton histoire de Grand Canyon, toi, ou c'était juste pour faire mignon?

— Ben... c'est une idée comme une autre. On ne sait pas vraiment, on est un peu partis sur un coup de tête.

— Mais vous avez pas de jobs, de copines, je sais pas... des loyers à payer, vous deux?

On s'est regardés, Tristan et moi. Drôle de constat.

— Euh... pas vraiment, on dirait, ai-je fini par dire. On est entre deux loyers, je pense...

— Je crois qu'on est des travailleurs autonomes, ou quelque chose dans le genre, hein, Jack?

— Ou des chômeurs autonomes, peut-être? Non, attends. Tristan serait plutôt une sorte de... de rentier, à mon avis, et moi... voyons voir... en année sabbatique, tiens.

— Années avec un s, a ajouté Tristan.

— Ouais... Ça ressemble à ça.

— Alors, vous êtes riches, ou quoi?

— Tristan, oui. Enfin, jusqu'à récemment, ai-je dit avec un sourire.

— Pff! T'es pas vraiment à plaindre non plus... Nuna, tiens, t'as jamais entendu le nom de Jacques Dubois, par hasard?

— Non. J'aurais dû?

Tristan allait répondre, mais je l'ai coupé.

— Tristan, franchement, personne ne suit ça... J'ai fait de la photo pendant un bout de temps. Ça a marché un peu, mais Tristan est convaincu que j'ai une... une *carrière*, parce que j'ai exposé un peu.

— ... À New York, fuck, quand même, Jack, c'est pas rien! Et c'est quoi le... la couverture du magazine, attends, comment ça s'appelle...?

— Ben non, t'as rêvé.

— T'es con... J'essaie de te donner un peu de crédibilité, là...

— Honorée, a dit Nuna, qui paraissait nous trouver rigolos.

— Et toi, à part ce qu'on a vu, tu fais quoi? ai-je demandé.

— Oh... là, vacances. En fait, la petite scène au café, ce matin, c'était un peu prévu. J'avais déjà fait mes sacs, nous a-t-elle confié d'un air espiègle.

— Ah bon, okay. Et sinon, dans la vie?

— Sinon, je fais une maîtrise en bio, mais j'ai fini ça pour l'été il y a deux semaines. Là, je sais pas. Je me promène en voiture avec des étrangers... Je devais retourner à Barcelone cet été, pour voir la famille, mais bon, ma famille est un peu compliquée... C'est pas vraiment des vacances avec eux, disons... a-t-elle conclu avec une moue dégoûtée.

— Et question vie sociale... appartement, petit copain, tout ça ? a risqué Tristan.

Le visage de Nuna s'est éclairé.

— Non. Plus de copain, plus d'appart. Plus de travail.

— Libres comme l'air, a proclamé Tristan, comme s'il s'agissait d'une réussite.

J'ai mis la cassette de Marley, qui chantait *Three Little Birds*. Ça m'a fait sourire.

11

On traverse Bar Harbor, sur la côte du Maine, il est trois heures du matin. Les deux autres dorment depuis quelques heures. Arrivé à l'extrémité de la péninsule, je me gare au milieu d'une aire de repos déserte, je coupe le moteur et descends de voiture. À dix pas, l'Atlantique. Je m'assieds sur un énorme galet, je fume une cigarette. La marée est à son plus bas, ça sent le poisson crevé, le sel et le varech. Une lune malade brille sur tout ça. J'ai les reins en compote.

L'air est cristallin, je vois des kilomètres de côte, les villages comme autant d'essaims de douce lumière jaune. Très loin au nord, un phare. Voilà ce que j'aime de la mer, chose toute bête à laquelle je n'ai jamais réfléchi : j'aime voir loin. Ça me revient. Des millisecondes de souvenirs affluent. Éclairs d'enfance. Quatre ans, assis sur le sable, scrutant un horizon vide, pour le plaisir immense de sentir mon regard se jeter devant, par-delà cette ligne qui avale les cargos et enfante des bandes de nuages minuscules. Sentir confusément que toute la puissance du monde est là, dans l'œil. L'été autour d'un feu, au cœur de la pinède, seize ans. Laura est à moitié Iroquoise, elle en a dix-sept, elle retourne les cartes de son drôle de tarot. « Voir », murmure-t-elle pensivement. Mon totem est le faucon. « Voir », répète-t-elle. Mon totem est un verbe.

Sur mon galet devant l'Atlantique, pour une de ces rares fois, malgré la côte qui scintille doucement, malgré le phare, la lune et ce Boeing qui passe entre Vénus et Cassiopée, je ne vois pas à dix pas devant moi.

12

J'ai sommeillé quelques heures dans la voiture, dans le matin gris. Une migraine me vrillait les tempes quand j'ai ouvert les yeux, et pour cause; à trois dans une voiture, fût-elle une Buick Regal, il y avait moyen de manquer d'oxygène. Je me suis trouvé un coke dans la glacière et je l'ai éclusé à grandes lampées. Tristan et Nuna marchaient sur la grève, faisaient ricocher des galets sur l'eau. Pendant trois secondes, il y a eu une photo à faire. Quelque chose dans la posture de Tristan, quelque chose dans le regard fuyant de Nuna, un moment de solitude à deux, je ne sais pas. Ne pas savoir, justement, et avoir l'œil, il y a un lien. Prendre la photo, poser une question. Saloperie de réflexe. Heureusement, je n'avais pas d'appareil.

J'ai marché un peu autour, en m'étirant. Il faisait un sale temps, l'air était stagnant, froid et humide, de quoi filer la grippe à un caillou. J'ai sifflé en leur direction, leur faisant signe de s'amener. Une faim acide me tenaillait le ventre, j'en avais des étourdissements. Je leur ai trouvé un air drôlement gai, qui m'a un peu surpris, vu l'humeur du temps. Je leur ai proposé de déjeuner au village et on s'est mis en route. Même l'allumage de la voiture rechignait, je ne voyais pas ce qu'ils avaient à sourire, ces deux-là.

On s'est payé des œufs au bacon près de la marina, dans un restaurant morose.

— On pourrait camper, a dit Nuna, entre deux bouchées.

— T'as une tente, toi ? ai-je demandé.

— Ouais. Pas énorme, mais assez grande. Il y a un terrain de camping, t'avais dit, non ?

— Hmm, on peut faire ça, ouais... Tristan ?

Rien ne pouvait être plus inconfortable que la voiture.

— Pourquoi pas... a-t-il lâché en mastiquant. Au fait, Jack, pourquoi on a abouti ici ?

— Ben... c'est beau, non ? Je sais pas, comme ça, c'est tout. J'étais déjà venu, j'avais trouvé l'endroit reposant.

— T'étais venu avec Monica ?

— Monica et ta mère.

— Et t'avais trouvé ça *reposant* ?

J'ai souri.

— Ta mère magasinait des antiquités toute la journée, ça aidait.

J'ai redemandé du café à la serveuse. Nuna m'a regardé un moment, songeuse.

— Alors, c'est quoi, ton... comment vous dites ? ton *trip* ? Une sorte de pèlerinage morbide, ou quelque chose du genre ?

J'ai déposé ma fourchette, bu une gorgée de café en

fronçant les sourcils, puis je l'ai regardée dans les yeux un petit instant. Je prenais goût à faire ça, depuis que je m'étais aperçu — la veille, dans le rétroviseur de la voiture — que Nuna avait du mal à soutenir un regard un peu appuyé. Son truc consistait à faire plier du premier coup d'œil, elle en avait le pouvoir et elle le savait. Par contre, passé la première seconde, comme un premier round, son regard perdait tout aplomb. Elle a cassé.

— Non, ai-je fini par répondre posément, tu vois, ça, pour moi, c'est un truc de fille... Les lieux, les chansons, les films, peu importe, je greffe rien là-dessus. Inutile et inviable, si tu veux mon avis.

— Truc de fille, pff! N'empêche, c'est quand même drôle que t'aboutisses ici plutôt qu'ailleurs, tu trouves pas? Ton ex est enceinte, tu te sauves, tu te retrouves ici, on peut supposer...

Tristan avait dû lui brosser un tableau de la situation. N'empêche, je trouvais qu'elle se permettait une familiarité un brin précoce, irritante même.

— Au contraire! Ce qui serait suspect — puisque ça a l'air de t'amuser —, ç'aurait été que j'évite la place à tout prix, non?

— Mais pas du tout! Faut que t'exorcises! Et puis c'est drôle comme choix de mot, ça, « suspect ». Il y a pas de mal à admettre, Jack.

J'ai ricané, en me demandant quel était le but de son petit exercice. Le ton n'était pas méchant, juste un peu malicieux.

— T'es drôle, toi! Je suis venu en vacances ici il y a quatre ans, qu'est-ce que tu veux qu'il me foute cet endroit, c'est pas la Terre sainte, crisse! Ça t'est passé par l'esprit que t'es peut-être juste à côté de la plaque, que je ne suis pas nécessairement de mauvaise foi ? Quand quelqu'un te contredit, tu te demandes jamais si c'est simplement, bêtement, parce que t'aurais tort ?

Elle a haussé les épaules avec une petite moue de théâtre, à défaut d'avoir trouvé la réplique fine.

— Et puis qu'est-ce que tu veux me faire admettre au juste, Nuna, du haut de tes vingt-trois ans ? Je suis curieux.

Son visage s'est rembruni. Je m'attendais à l'avoir piquée au vif, mais elle paraissait plutôt désemparée.

— Je... je voulais juste discuter.

— Ben discute, alors. Essaie pas de me coincer, merde.

— T'exagères, Jack, a coupé Tristan la bouche pleine, elle essaie rien du tout. C'est toi qui dérapes, là.

Nuna m'a adressé un sourire innocent. J'ai soupiré.

— Bon, okay. Mais est-ce qu'on peut s'entendre sur le fait que ça n'a rien à voir, qu'on soit ici ?

— Non mais, on s'en fout de pourquoi on est ici, bordel ! C'est ça, l'idée. On est ici pour le temps magnifique et les vagues de surf géantes !

On a tous jeté un regard par les grandes fenêtres, qui donnaient sur le havre blafard et sa mer anémique. J'ai été le premier à rire, et ça a paru soulager Nuna, qui m'a envoyé un petit coup de pied dans les chevilles, de bonne guerre.

On a réglé nos additions puis on est allés faire une balade en voiture sur les routes forestières qui parcourent le parc national d'Acadia, à la recherche du fameux camping que je me rappelais avoir vu quatre ans plus tôt. Au terme de plusieurs détours dus à une signalisation plus qu'approximative, on a déniché le petit terrain propret, sa guérite et son stationnement bétonné. Après avoir acquitté les frais de séjour de huit dollars, on s'est mis en quête d'un coin un peu isolé, à l'écart de tous ces motorisés de luxe, véritables maisons de banlieue itinérantes.

J'ai laissé à Tristan et Nuna le soin de monter la tente pendant que je m'occupais à préparer un feu de camp, avec des pierres que je chipais sur les terrains avoisinants. Juste comme je venais à bout d'allumer un fragile brasier avec la maigre quantité de bois détrempé que j'avais réussi à amasser, un *park ranger* est accouru sur les lieux en poussant les hauts cris. Il s'est mis à me débiter sa liste de règlements avec une hargne à peine retenue, m'instruisant du fait que je venais de commettre une infraction fédérale, et tutti quanti. Je ne trouvais pas que mon petit feu avait des airs d'infraction fédérale, mais je l'ai éteint du talon de ma botte, sous l'œil courroucé du fonctionnaire, que j'ai insulté copieusement — en français — tout en conservant un sourire repentant du plus aimable effet. Il s'est détendu peu à peu, l'air satisfait, ce qui ajoutait au comique de l'affaire à un point tel que Tristan en avait les larmes aux yeux et un regard qui me suppliait de mettre fin à ce chapelet d'injures, tandis que Nuna s'affairait à monter sa tente en se mordant les joues.

Après ce petit exutoire, on s'est quand même retrouvés devant la perspective de passer la nuit au froid, au beau milieu de ce bout de forêt humide et aseptisé, avec la liberté restreinte d'enfants en garderie. D'ailleurs, à l'interdiction de faire des feux s'ajoutaient celles de boire de l'alcool, de pisser contre un arbre et de fumer. Interdictions que l'on s'est empressés d'enfreindre avec une joie revancharde dès le départ du *ranger*, moi en allumant une cigarette, Tristan en débouchant une bière. Pour sa part, Nuna a fait glisser ses collants jusqu'à mi-cuisse et, sa jupe préservant une très relative pudeur, elle s'est chargée de l'extinction définitive du feu. Tristan et moi l'avons trouvée intensément charmante à ce moment, et nous avons échangé un bref regard. Cela dit, notre petit accès de délinquance synergique, bien qu'il nous eût réchauffé le cœur, ne réglait rien. On a réfléchi un moment, en regardant pensivement notre feu impossible, puis Tristan a risqué une idée.

— On pourrait se soûler la gueule.

— Il est trois heures de l'après-midi, nous a fait remarquer Nuna.

Il y a eu un vague instant d'hésitation, mais on a vite convenu que l'objection ne tenait pas la route.

On a ramassé nos trucs et on a remis les voiles. Le préposé à la guérite nous a avertis qu'il nous fallait revenir avant dix heures si nous voulions avoir accès à notre terrain, ce à quoi Tristan a rétorqué qu'on serait gravement amochés bien avant l'échéance. « *Shit-faced* » a été son expression exacte, en fait.

À l'extrémité de la baie, passé le port de plaisance, s'alignaient les quais de pêche. Les chalutiers rentraient de haute mer à cette heure, et une certaine activité régnait sur les lieux. Tristan nous a acheté une caisse de bière, de la Rolling Rock, qui ne goûte rien mais se boit bien. On s'est trouvé une table à pique-nique attenante à une sorte de casse-croûte miteux et on a regardé les bateaux. Un grand type maigre est venu ouvrir le casse-croûte, les bras chargés de crabes, d'oursins et d'autres bestioles que je n'arrivais pas à identifier. Il nous a dévisagés une seconde, d'un air plus curieux que méfiant. Comme nous occupions sa seule table, Tristan s'est levé et lui a apporté une bière pendant qu'il ouvrait boutique. Il a allumé ses fourneaux et est venu nous saluer.

Le grand rouquin s'appelait Dave, et il avait cet accent un peu rêche de la Nouvelle-Angleterre côtière, qui rappelle l'Irlande. La trentaine entamée, ni beau ni laid — horriblement sale, par contre —, il avait des mains calleuses et la musculature noueuse des marins. Et il se vantait de préparer la meilleure chaudrée de palourdes de toute la côte. Le secret, s'est-il mis à nous confier avec entrain après les présentations d'usage, résidait dans une cuisson très lente en deux étapes, entre lesquelles il laissait la préparation refroidir au frigo durant environ six heures, période qui permettait selon lui aux palourdes de *se détendre* et de faire un brin de jasette avec les pommes de terre, ce qui a bien fait rire Nuna. Il a ajouté en rigolant qu'il vendait d'ailleurs sa chaudrée de palourdes deux fois plus cher qu'ailleurs, pour le seul effet psychologique de la chose, convaincu que les gens n'apprécient réellement que ce qui leur coûte cher. « It's like *haute couture*, you know! » s'est-il esclaffé. Dave avait un certain sens du marketing. Tristan lui a demandé si on pouvait goûter. L'autre a regardé sa montre, puis a fait une moue désolée.

— Elle est bonne, mais pas encore parfaite. Deux heures encore... Vous avez déjà mangé des oursins? Ça vous ferait patienter... Free of charge...

On a tous acquiescé et il est retourné à sa bicoque pour nous y confectionner des amuse-gueules. Pour ma part, et constatant que la bière descendait dangereusement bien, je suis allé à l'épicerie du coin pour nous procurer des renforts.

L'oursin avait un drôle de goût et une texture un peu douceureuse qui collait au palais. Avec les chips et la bière, ça se défendait, mais je n'en aurais pas redemandé. Nuna avait du mal à déglutir, et Tristan l'a soulagée discrètement de son restant d'oursin, duquel elle ne serait jamais venue à bout. Elle a eu un bref sourire de gratitude, et je les ai presque trouvés attendrissants. Dave nous a dit qu'il y avait un type au village qui, pour cent dollars, bouffait un oursin cru entier devant vous, les épines et tout. Comme il semblait convaincu que le spectacle constituait une attraction touristique incontournable, Tristan lui a demandé où on pouvait rencontrer le gars en question. Il se tenait apparemment à la disposition des curieux dans un pub du village, le Swordfish, où Dave s'est proposé de nous accompagner, après la chaudrée de palourdes, bien entendu. La soirée s'annonçait débile à souhait.

Comme la chaudrée n'était toujours pas à son meilleur, et en dépit de nos protestations polies, Dave nous a gavés de sandwiches au crabe, qui étaient succulents. Puis il nous a fait visiter son bateau, véritable épave flottante abritant un fouillis tranquille de matériel de pêche, deux chiens et un canari. Visiblement, on lui plaisait bien, à Dave. Les touristes n'abondaient pas encore à cette saison, et l'hiver devait être foutrement long, à Bar Harbor.

On a finalement eu droit à la fameuse soupe, et malgré nos appétits déjà comblés, il nous a fallu admettre qu'elle était à la hauteur des prétentions du chef. Dave a fermé boutique vers sept heures. Ses ventes de l'après-midi se résumaient à quelques crabes, à un peu de pétoncles et à trois portions de chaudrée. Pestant contre ce printemps pourri, il a rangé son gréement de pêche et appelé les chiens qui roupillaient sur le pont du bateau. Comme il devait passer chez lui, il nous a donné rendez-vous au pub. Les chiens ont bondi à l'arrière de la camionette rouillée, et tous les trois sont partis dans un nuage de fumée bleue.

— Tristan, tu veux vraiment payer cent dollars pour voir un gars bouffer un oursin ?

— Ben, je sais pas, ça peut être drôle… Et puis ça encourage l'économie locale…

— N'importe quoi, a râlé Nuna.

— Tu peux pas comprendre, c'est un truc de gars, lui a répondu Tristan, narquois.

Elle lui a envoyé un crochet du droit aux côtes, et ils se sont mis à se chamailler comme deux gamins. On est remontés paresseusement jusqu'au village, avec un détour par la marina, où s'alignaient des yachts opulents et d'élégants voiliers. On s'est mis à fantasmer sur celui qu'on achèterait si on se retrouvait demain avec un million sur les bras. Pour ma part, j'avais un faible pour un ketch de trente mètres battant pavillon mexicain, tout en teck, baptisé *Francesca*. Par contre, un million, ça me semblait même un peu serré. Tristan a plutôt jeté son dévolu sur un voilier australien, effilé et sobrement équipé, une belle bête de course. Quant à Nuna, elle s'est choisi un dériveur de six mètres bleu ciel, qu'elle trouvait mignon. On a eu beau insister sur le fait qu'elle avait un million en poche, elle n'a pas démordu de son béguin pour le petit bateau bleu.

On a traîné encore un peu sur les quais, le temps de finir nos bières, puis, suivant les vagues indications de Dave, on s'est rendus au Swordfish. L'endroit tenait du pub irlandais, mauvais goût éclectique en prime. Dans un malaise diffus, des plaisanciers fortunés y côtoyaient les pêcheurs qui terminaient leur journée de quinze heures, ceux-ci trop occupés à chasser le sel de leur gosier pour songer un instant à ce pittoresque qui leur coulait dans les veines et auquel les vampires en bermudas blancs s'abreuvaient sans gêne. Tristan nous a commandé une tournée de Jack Daniel's, dont le seul nom me retourne l'estomac.

— Tu veux nous tuer, Tristan ?

— Bon, bon... Jack fait sa farouche... Allez, santé !

— Et on boit à quoi ? a fait Nuna.

— Au hasard magnifique... a répondu Tristan en lui envoyant son sourire de tombeur pour rire.

J'ai vite demandé une bière pour me rincer la bouche. Tristan et Nuna se sont payé un billard et m'ont laissé devant la barmaid blasée et le match de boxe sur écran géant, auquel j'ai essayé de m'intéresser. Oscar De La Hoya flanquait une raclée méthodique à un type qui n'était manifestement pas équipé pour affronter un aussi féroce technicien. Jab-jab-crochet, suivi d'un retrait élégant pour éviter les moulinets désespérés d'une contre-attaque instinctive. Nuna jouait horriblement mal au billard, c'en était spectaculaire. En dépit des conseils techniques de Tristan, elle sortait la blanche de la table une fois sur deux et n'avait pas joué un seul coup réglementaire depuis le début de la partie. Tristan, par contre, avec humour et patience, marquait des points. Je les ai observés un long moment. Comme je n'entendais rien de ce qu'ils se disaient, je m'amusais à n'analyser que leur gestuelle, exercice que l'on fait trop rarement, moi inclus. Je n'épiais pas tant les mouvements clairement expressifs que les subtilités dans leurs postures, les petits gestes inconscients, la direction des regards. L'alcool aidant, je me suis mis à formuler mentalement des hypothèses, des déductions, qui n'avaient d'ailleurs de rigoureux que le divertissement qu'elles me procuraient. Premier constat : Tristan se retenait. À preuve, une succession constante de gestes à peine esquissés, d'hésitations. Lui mettait-il une main sur la hanche en voulant l'assister dans son jeu qu'il la retirait aussitôt, puis la remettait un peu plus haut, maladroitement, ce qui la chatouillait et lui méritait un petit coup de coude dans les côtes. Se penchant derrière elle, il a eu un regard furtif vers sa nuque, puis s'est étiré le cou pour ne pas effleurer ses cheveux. Mais tandis qu'il lui expliquait comment imprimer à la boule un mouvement de recul, son regard paraissait bien vague, et j'en déduisais qu'il se payait un petit luxe olfactif. Ça m'a fait rire de déceler cela, et la barmaid m'a toisé d'un drôle d'air. Je me suis demandé pourquoi Tristan s'évertuait à masquer son trouble alors que son intérêt pour Nuna était flagrant. Question de rituel, sans doute. En fait, c'était précisément à cela que j'assistais : un rituel. Une succession de métaphores, vitales bien qu'en soi insignifiantes. Il fallait à Tristan laisser Nuna faire sa part du trajet, en quelque sorte. Combler, par exemple, l'espace entre leurs bassins en feignant de prendre du recul pour jouer la neuf au coin ; relever la tête, enfouir le visage de Tristan dans ses cheveux en étudiant la disposition des boules sur le vert ; poser négligemment, inutilement, sa main sur celle de Tristan. Et pourtant, Nuna semblait elle aussi réfréner ses élans. Davantage pudeur que retenue, à vrai dire. Je suppose que cela aussi était nécessaire, sorte de loi non écrite du flirt. Toute cette parade, sous des dehors spontanés, obéissait en réalité à un ensemble de codes immémoriaux, aussi stricts qu'invisibles, comme les lois du marché. Voilà. Offre et demande, confiance dans le marché, tout cela n'était qu'économie. J'ai pensé à la mécanique des fluides, « étude des fluides, liquides ou gazeux, considérés comme des milieux continus déformables », qui fournit les modèles mathématiques permettant de prévoir les changements climatiques. J'ai pensé aux ensembles de Mandelbrot, à la géométrie fractale, à l'adéquation parfaite entre le tout et les parties, irrégularité et fragmentation, réglementation harmonieuse et paradoxale du chaos. J'ai pensé à la mécanique quantique, me disant qu'il me plairait bien d'y comprendre quelque chose. J'ai pensé que j'avais trop bu, j'ai soudain eu le cœur au bord des lèvres, je me suis levé et me suis dirigé vers les toilettes.

Saloperie de Jack Daniel's. J'ai vomi. À contresens, la chaudrée de palourdes avait perdu de sa finesse. À ma sortie de la cabine, je me suis trouvé en face d'un grand gaillard massif, la cinquantaine, cheveux gris tombant sur les épaules, qui se lavait les mains. Me dévisageant dans le miroir, il m'a demandé si ça allait. J'avais le visage bouffi, les yeux pleins d'eau, de l'écume blanchâtre aux commissures des lèvres. Magnifique. Je lui ai répondu que ce n'était pas grave, que c'était la faute aux fluides, au chaos. Il a souri d'un air entendu, comme si ce que je venais de dire tenait debout.

— You understand? ai-je demandé.

— Perfectly, brother.

N'importe quoi. On ne devrait pas essayer de comprendre les délires des autres, c'est une invasion de la vie privée. Je suis retourné m'asseoir au bar et j'ai commandé une eau minérale. Dave est arrivé sur les entrefaites.

— Man ! You're green ! a-t-il tonné, joyeux.

Je savais très bien que j'étais vert, j'ai hoché la tête sans rien dire.

— Goddamn tourist... can't hold his liquor...

— Fuck you, Dave, ai-je grommelé, essuyant un filet de bave sur mon menton.

Ça l'a fait rire, l'accent sans doute. Il m'a demandé si on était toujours intéressés au *freak show* promis plus tôt. J'ai désigné Tristan d'un regard, lui signifiant que je n'avais rien à voir là-dedans. Il a bu une gorgée de bière, observant la partie de billard, puis il m'a demandé si Tristan et Nuna étaient ensemble. Je lui ai répondu que ce n'était pas clair, que ça dépendait du chaos. Ça m'a rassuré qu'il me dévisage d'un air interdit.

Oscar De La Hoya a gagné par K.O. technique, au huitième round. Notre bouffeur d'oursins s'est finalement manifesté. Clifford, il s'appelait. C'était un énorme type vêtu d'une salopette maculée de taches brunes, une grande brute hagarde qui se dandinait comme quelque mort vivant émergeant des marais. La première idée qui m'est venue était qu'il n'y avait rien de bien surprenant à ce que ce monstre soit capable d'ingurgiter un oursin entier, ça me paraissait dans l'ordre des choses. Et dès lors, relativement sans intérêt. Je lui ai serré la main en réprimant un mouvement de répulsion instinctif, mêlé de pitié, à l'idée des circonstances infâmes qui avaient poussé cet être à cultiver d'aussi grotesques talents. Je me suis souvenu du pauvre Hugo, en troisième année, qui avalait cailloux et insectes pour faire rigoler les autres ; Hugo, dont je m'étais improvisé l'imprésario véreux, l'incitant sans cesse à de nouveaux et répugnants exploits ; Hugo qui confondait approbation et fascination morbide. Hugo qui s'était d'ailleurs fait opérer d'urgence après avoir avalé, sur mes conseils, six gommes à effacer. Tout compte fait, je n'avais aucune envie de voir Cliff avaler un oursin. Je n'avais jamais été réprimandé pour le rôle que j'avais joué dans l'indigestion d'Hugo, j'étais un gamin bien trop habile pour cela. Être acquitté à tort et sans procès, ce genre de choses vous suit.

Tristan a paru emballé par la rencontre de Cliff. Du fond de ma nausée, j'enviais vaguement cette faculté d'exaltation qui était la sienne, cette propension à se fondre, comment dire, dans le moment, sans retenue, scepticisme ou discrimination. Un type qui bouffe des oursins vivants? Une matinée de pêche, un colloque sur Wittgenstein? Peu importait: «Est-ce qu'on s'amuse?» leitmotiv frivole en apparence, et pourtant grave, mystique. C'était là la source de tous ses ennuis, sans doute, mais Dieu qu'il s'amusait. Je devinais chez Nuna l'éclosion d'une certaine fascination. Comme elle avait raison. Bien au-delà de ses attributs objectifs, il avait cette intangible qualité des êtres en perpétuel mouvement, des êtres d'eau vive. Ceux qui vous prennent par la main, vous prennent à témoin, vous éperonnent, ceux par qui arrivent les plus belles et atroces aberrations, les guerres, les révolutions et les partouzes, le bouddhisme, la psychanalyse et les chips à saveur de pizza.

Cramponné au bar, je me suis concentré à nouveau sur la télé, comme on fixe l'horizon par grosse mer. Nuna est venue s'accouder à côté de moi.

— Ça ne va pas?

— C'est le Jack. Je suis incapable. Mais ça va aller.

Elle a regardé Tristan longtemps, songeuse, je la voyais du coin de l'œil.

— Il est beau... ai-je dit, sans lâcher la télé du regard.

Elle a tourné son visage vers moi, sourcils froncés, interloquée.

— Oui. Et... et pourquoi tu me dis ça?

— Pour rien.

— Non. C'est pas pour rien. Tu ne parles pas pour rien.

— Ah bon? ai-je ricané.

— Non.

— Je disais ça comme ça.

Elle a posé un regard sévère sur moi, mais n'a rien ajouté. C'était quand même une bonne question. Je n'avais aucune idée de la réponse. Je voulais peut-être seulement que les choses soient claires; peut-être cette fausse ambiance copain-copain commençait-elle à me peser sur les nerfs. Peut-être n'avais-je simplement pas envie d'assister au rituel, à la petite parade risible que Tristan et Nuna allaient se jouer durant des jours. Ça ne m'amusait pas. Qu'ils en finissent, ou alors qu'ils trouvent un témoin compatissant. Cela dit, Tristan tenait une forme splendide et j'en étais le premier heureux. Rien à comprendre. Quelque chose comme de l'envie, peut-être, sans objet, diffuse. Je ne sais pas.

Tristan et Cliff ont fait un billard, puis deux, pendant que Nuna continuait à m'observer avec perplexité. Je n'avais pas l'énergie de réagir et je regrettais d'avoir fait cette remarque si bizarrement équivoque. C'était idiot, inutile, et j'avais, à partir de rien, réussi à installer un malaise palpable entre Nuna et moi. Et qu'est-ce que ça pouvait bien vouloir dire, « tu ne parles pas pour rien » ? Qu'est-ce qu'elle en savait ? J'ai essayé pendant un moment de me rappeler la dernière chose importante que j'avais dite. J'ai abandonné.

Cliff gagnait aisément contre Tristan, si bien qu'il lui a proposé d'exécuter son numéro pour rien si Tristan gagnait une partie de neuf. En revanche, si Cliff gagnait, il en coûterait alors cent cinquante dollars à Tristan. Ils ont scellé le pari sur une poignée de main, et une liasse de billets de même qu'un oursin sorti d'on ne sait où ont été déposés sur le rebord du billard, bien en vue. Tristan a gagné le tirage au sort désignant lequel des deux jouerait le bris. Cliff a placé les boules. Il allait faire connaissance avec la bonne étoile de Tristan, étoile qui a un drôle de sens de l'humour.

— Regarde, Nuna. Tristan va la gagner, celle-là.

— Il se fait battre depuis tantôt, ça m'étonnerait.

— Là, il y a un enjeu. Regarde, tu vas voir. C'est de la magie.

Tristan a cassé et, méthodiquement, il a vidé la table en entier, sans rater un seul coup. Il a remis les dollars dans sa poche, puis il a tendu la main à Cliff, un sourire à peine arrogant aux lèvres. L'autre l'a ignoré, en proie à une rage assez mal gérée. Il s'est mis à grommeler, puis à injurier Tristan, se sentant légitimement victime de supercherie. Ce dernier n'en faisait pas cas, se contentant de désigner l'oursin du doigt, moqueur, haussant les épaules en signe d'impuissance.

— Nuna, tu devrais aller chercher Tristan. Ça va mal finir, ai-je dit en me frottant les tempes. Il vaudrait mieux que ce soit toi qui y ailles.

— T'exagères.

Dave, pour sa part, se roulait une cigarette en observant ce petit esclandre avec un sourire, ne se rendant pas compte que son copain avait tout intérêt à avaler cette saloperie d'oursin au plus vite, que ça commençait à presser. Il semblait bien qu'il n'en tenait plus qu'à moi que l'incident soit évité. Je me suis levé de mon tabouret à regret, la tête lourde, saisi soudain d'une fatigue terrassante, et d'une lucidité aiguë quant aux raisons qui m'avaient fait m'éloigner de mon beau-frère. Tout va bien tant et aussi longtemps que la réalité se conforme à l'idée que Tristan s'en fait. Quand la réalité se rebiffe, par contre, Tristan a la détestable manie de vouloir la rappeler à l'ordre en lui tordant le bras. Ça finit par créer des problèmes. Et avant que j'aie pu faire trois pas, Cliff a poussé Tristan, qui, vif comme une belette, a empoigné le crustacé épineux et l'a écrasé dans le visage du colosse. L'attaque était fantaisiste, ç'aurait pu être drôle, mais ça ne l'était pas. Je me suis précipité vers le fond de la salle, tandis que Cliff fauchait l'air devant lui de ses poings énormes, avançant sur Tristan qui, bien qu'il ne fît pas le poids, affichait un sourire prédateur. Au moment où j'arrivais pour m'interposer, tentant d'agripper Tristan par l'épaule, il s'est pris un melon sur la mâchoire qui l'a envoyé valdinguer à deux mètres, bousculant tables, chaises, clients et bouteilles. Prenant conscience avec horreur du fait que je venais de distraire Tristan au moment précis où toute sa concentration était requise, je n'ai eu pour ma part que le temps de me retourner vers le monstre, lui posant une main pacifique sur le torse, avant d'en recevoir un du même modèle — qui tenait sans doute davantage de la balle perdue, circonstance atténuante qui n'a toutefois en rien atténué la violence de l'impact. Le coup m'a sonné, j'ai mis trois secondes à reprendre mes esprits, pendant que Tristan, tombé au sol, recevait de furieux coups de pieds aux côtes. Titubant, j'ai pris une bouteille de bière vide sur le juke-box, décidé à la fracasser sur la tête de Cliff, mais je n'ai pas bougé. Pendant une seconde interminable, j'ai voulu l'assommer — j'en avais pour ainsi dire le droit —, je tenais la bouteille dans mon poing tremblant, je n'avais qu'un pas à faire, qu'un geste unique, sec et cruel, et pourtant j'étais tétanisé, statue impuissante, la gorge nouée, les pieds dans le béton. J'ai croisé le regard étonné de Tristan, un regard en forme de question. Ça m'a paru durer des heures. Et soudain, le colosse s'est figé sur place, je n'ai pas compris tout de suite, puis j'ai vu qu'il avait une petite sandale fichée dans l'entrejambe. Nuna s'était payé un furieux botté de placement par-derrière, et Cliff, tout à coup doté d'une seconde paire d'amygdales, est tombé lentement à genoux en laissant échapper un horrible couinement.

Expulsé de ma transe, je me suis lancé sur Tristan, qui, profitant de ce répit, s'apprêtait à bondir sur son adversaire pour lui arracher les yeux. Je l'ai agrippé par la manche de sa chemise et l'ai brutalement tiré à l'écart. Deux autres gars avançaient vers nous, des queues de billard à la main, je me suis dit que ça y était, qu'on était bons pour une belle raclée western, un truc qui doit faire très mal, mais le gaillard aux cheveux gris croisé plus tôt aux toilettes, assis tranquille avec sa bière, a simplement allongé la jambe pour leur barrer le passage. Puis il a braqué sur moi un regard sombre, m'indiquant du menton la sortie. Les deux amis de Cliff n'ont pas eu l'air de vouloir insister, c'est vrai qu'il en imposait, le gars, il dégageait une aura très zen, très ceinture noire. Je lui ai adressé un petit signe de tête, et on est tous les trois sortis du Swordfish. Tristan résistait, mais en tirant par saccades sur sa chemise, l'empêchant de recouvrer l'équilibre, je suis parvenu à lui faire passer la porte. Le juke-box jouait *Sultans of Swing*, de Dire Straits. Je serais bien resté, j'adore cette chanson.

Arrivé sur le seuil, Tristan s'est libéré de mon emprise d'un coup d'épaule rageur.

— Jack! Qu'est-ce que tu foutais, merde?

Je n'ai rien répondu et me suis éloigné d'un pas rapide. Ils m'ont suivi.

— Jack! T'as gelé, ou quoi? T'as rien fait!

— Hé! Lui aussi, il s'est fait taper dessus, je te signale! a crié Nuna à Tristan. Et puis il l'avait pas cherché, lui!

— Non, non, *fuck that*, il a figé, je sais : je l'ai vu! Calvaire, Jack, je me faisais tuer!

Ma mâchoire me faisait souffrir et un mal de tête grandiose me battait les tempes. J'avais du sang dans la bouche. J'ai fait volte-face.

— À quoi tu t'attendais, imbécile, quand t'as essayé de lui faire avaler cette cochonnerie d'oursin? Tu croyais que ça allait détendre l'atmosphère?

Il a souri bêtement, un bref instant. C'était l'expression que je détestais par-dessus tout, chez lui. On aurait juré qu'il avait huit ans et venait de se faire prendre à dépecer son hamster ou quelque chose, tout en sachant très bien qu'il allait s'en sortir sans embrouille. C'était sa tête d'adorable garnement, à qui on pardonne tout. J'ai eu envie de lui casser le nez, gratis, là tout de suite ; lui faire verser ne serait-ce qu'un léger acompte pour toutes les réprimandes, les punitions, les amendes et les années de prison auxquelles il avait échappé tout au long de sa vie. Lui faire ravaler cette détestable impunité qui était devenue, à force, une seconde nature. Mais lui mettre mon poing dans la gueule, c'était des plans pour que ça dégénère. Et puis Nuna nous larguerait assurément sur-le-champ si on se mettait à se battre comme des chiens au beau milieu de la rue. Pas que je tenais absolument à sa compagnie, mais elle mettait de la couleur, il me semblait, sans compter qu'elle venait de nous tirer de la merde de belle façon. Et j'avais horriblement mal au crâne, avec un sifflement dans l'oreille en prime. J'ai tourné les talons.

— Alors quoi, Jack, je peux pas compter sur toi, c'est ça ?

— Arrête, Tristan, lui a dit Nuna, ça sert à quoi, ce que tu fais là ?

— J'essaie de savoir ce qui lui a pris. Merde, c'est important !

— C'est ça que tu demandes à tes amis, de se faire casser la gueule pour tes conneries ? C'est *ça*, un ami ? a-t-elle demandé, sarcastique.

— Absolument !

— Mais c'est quoi ces conneries de machos ? J'hallucine ! Vous êtes un peu débiles, les gars, hein !

J'ai failli lui dire de ne pas m'inclure là-dedans, mais, outre le fait que Tristan aurait pris ça comme une trahison — je n'en avais rien à foutre, à vrai dire —, ç'aurait été un mensonge : j'étais parfaitement d'accord avec lui sur toute la ligne, mais ça ne me disait pas trop de l'admettre tout de suite. J'étais aussi d'accord avec Nuna, ce qui ne changeait rien, d'ailleurs. Un code est un code, et plus il semble absurde, plus il est, *précisément*, un code. Inversement, plus il se fonde sur un jugement réfléchi, sur une forme ou une autre de bon sens avare, moins il a de raison d'être, de substance. J'avais failli à ce code, et j'en crevais de rage.

— Jack, bordel, tu vas répondre?

J'avais tellement mal à la tête, ma vue en était brouillée. J'ai soupiré un grand coup, j'ai craché un peu de sang par terre.

— O.K., Tristan. J'ai figé. C'est ça que tu voulais entendre? J'ai figé devant le gros con, qui venait de m'envoyer une... une Volkswagen dans les dents! Pas d'excuse. J'ai figé. Point. Maintenant, *tu fermes ta gueule.*

Il m'a regardé comme si je venais de lui dire que j'étais né avec une seule couille.

— ... pas grave, non. Pff... Ça arrive, a-t-il murmuré, déconfit.

Je savais très bien que ça ne lui était jamais arrivé, et que ça ne lui arriverait jamais. J'ai serré les mâchoires.

On a marché jusqu'à la voiture, j'ai mis une cassette et on a fait la route sans rien se dire. Je me suis garé pas trop loin du terrain de camping et leur ai dit que je couchais dans la voiture. Tristan s'est enfoncé dans le bois à la lumière de sa lampe de poche, pendant que Nuna tentait en vain de me convaincre que je dormirais mal. Devant mon air résolu, elle m'a souhaité bonne nuit, puis s'est penchée par la fenêtre et m'a fait la bise en me passant une main chaude derrière la nuque. Je me suis demandé si c'était une spécialité de son pays, cette caresse, cette petite douceur, ce frisson qui me remontait l'échine. Puis elle a rejoint Tristan. J'ai baissé la vitre du côté passager et j'ai sorti mes pieds dans la brume fraîche de la nuit. Je me suis recouvert des quelques vêtements à portée de main et j'ai fermé les yeux, enfin. Sur mes joues, les deux baisers ont mis longtemps à s'évaporer. J'ai réprimé un sourire.

13

Je me suis demandé s'ils avaient couché ensemble. En m'éveillant dans la Buick surchauffée, c'est la première idée qui m'est venue. C'était bien là le dernier de mes soucis, mais je n'ai pas fait exprès, l'idée est arrivée toute seule. Un bâillement m'a arraché une plainte, ravivant une douleur aiguë dans l'articulation de la mâchoire, sous l'oreille droite. J'ai eu une sombre pensée pour Tristan, mais j'étais incapable de nourrir une rancune digne de ce nom envers lui. J'aurais bien voulu, mais ça ne collait pas. Il n'y avait aucune base rationnelle à cette immunité, c'en était franchement irritant.

J'ai ouvert la portière et j'ai fait quelques pas en m'étirant. Le soleil cognait fort, mais des nuages gris barraient l'horizon, à l'est. Je suis allé jeter un coup d'œil à la tente, le lieu était désert. Je suis retourné à la voiture et j'ai attendu, couché à demi nu sur le capot, à fumer des cigarettes. Tristan et Nuna sont arrivés au bout d'une vingtaine de minutes, les bras chargés de provisions.

— Vous êtes allés jusqu'au village?

— Non, non. Il y a une épicerie à peu près à un kilomètre par là, a répondu Nuna. Tu veux une orange?

Elle m'a tendu le fruit.

— Bien dormi? a risqué Tristan.

— Non. Mal à la gueule.

Tristan avait une belle ecchymose au-dessus de la tempe et la lèvre inférieure enflée. Ça m'a fait plaisir. J'ai jeté un œil à ma montre. J'avais dormi un douze heures solide. Ils se sont assis avec moi sur le capot et se sont confectionné des sandwiches. J'ai bouffé l'orange, puis j'ai eu envie d'un café et j'ai marché jusqu'à la guérite du stationnement, où trônaient une demi-douzaine de machines distributrices. J'ai sélectionné un gobelet d'arabica corsé qui tenait davantage de la tisane homéopathique que du café. Je me suis assis dans l'herbe, à l'ombre d'un arbre, et j'ai bu ce truc en pensant à autre chose.

Avec le plaisir du tireur embusqué, j'ai observé mes tourtereaux un long moment. J'ai songé que, malgré son âge, Nuna avait déjà vu neiger. Sans être hostile, une méfiance bien fardée émanait d'elle; ni craintive, ni renfermée, on sentait très bien qu'elle avait ses frontières intimes. Leur tracé était fin, subtil, mais ferme. Je devinais des droits de douane astronomiques: n'immigrait pas qui voulait en son cœur. Comme cela ne me concernait pas, je la trouvais en revanche d'excellente compagnie. Elle avait la réplique vive, et un petit fond acerbe pas désagréable, bien qu'elle usât de ses lames avec une touchante précaution, consciente, semblait-il, des susceptibilités ordinaires. Cette âpreté instinctive me donnait à penser qu'elle venait en effet d'une famille de fous, où elle avait appris très tôt à se défendre toutes griffes dehors, par nécessité. Sur ce point, elle me rappelait Monica. Rare, par contre, était sa faculté de moduler cette virulence. Tristan avait dû y comprendre quelque chose, car il ne se montrait jamais mièvre avec elle, s'amusant à la provoquer pour des riens, puis se repliant, moqueur, dès qu'elle mordait à l'appât. Deux chiots, que la présence d'un chaperon morose ne semblait pas incommoder le moins du monde. Elle avait vraiment de beaux regards pour Tristan, empreints de curiosité et de douceur. Elle avait aussi des regards pour moi, sombres et perplexes. Des regards longs. Je mettais ça sur le compte de mon apathie et de mes silences, de mon authentique désintérêt pour tout. Je ne sais pas d'où vient cette manie qu'ont les gens de soupçonner de profondeur les neurasthéniques, de leur trouver une aura particulière. En matière d'aura, j'avais juste un peu l'impression de puer le cadavre. Une aura de cachalot échoué.

Cela dit, même les cachalots échoués, passé un certain âge, supportent très mal de dormir dans une voiture. Alors, plus tard dans la journée, arpentant sous un ciel à présent couvert le coquet village de Bar Harbor, je suis entré dans une agence immobilière et j'ai loué sur-le-champ une petite maison d'été avec vue sur la mer. Le loyer était absolument indécent — de quoi vivre comme un prince à Calcutta pendant un an —, mais comme l'agence qui s'occupait encore de mes choses à Montréal avait récemment vendu une de mes vieilles séries de photos au ministère du Tourisme pour un montant à mon avis également faramineux, je disposais d'une marge de manœuvre appréciable. Sur l'ensemble, j'étais déficitaire, mais on me faisait encore crédit. Et le luxe n'est véritablement le luxe que lorsqu'il n'est pas permis. Quelqu'un disait cela de l'espoir, je crois. Nuna et Tristan étaient ravis de l'initiative, s'étonnant tout de même de mon manque d'enthousiasme. J'ai réussi à feindre un certain intérêt pour la vue imprenable que montraient les photos de l'agence.

On a fait d'autres courses pour le repas du soir, et suivant les indications de l'agente, qui m'avait demandé trois fois si je ne préférais pas visiter la maison avant de me décider, on a déniché la baraque au bout d'un chemin de gravier tortueux. Nichée à flanc de falaise, elle était même plus jolie que sur les photos. Jaune pâle, avec ses volets bleus, elle tranchait sur la grisaille du ciel et la végétation terne du bord de mer. Une véranda donnait sur l'océan, qui fouettait mollement les rochers une dizaine de mètres plus bas. J'ai tout de suite songé qu'elle avait l'air d'une maison d'écrivain, ou à tout le moins de l'idée que je pouvais m'en faire. Cette vue sublimement ennuyeuse, son isolement nourricier, je ne sais pas. En gravissant les quelques marches me séparant de la véranda, je me suis pris à imaginer une dame d'une soixantaine d'années qui y serait assise, enveloppée dans un plaid élimé, une rame de papier sur les genoux, absorbée dans ses souvenirs ; une dame aux cheveux grisonnants noyée dans une myriade de ces regrets infimes qui tissent lentement l'étoffe d'une vie, ressassant au-delà du supportable d'antiques émois, traçant de cette langue crue et feutrée à la fois des choses ordinaires, des choses innommables. Une maison d'écrivain. J'ai presque été déçu de n'y trouver personne lorsque j'ai poussé la porte-moustiquaire.

Un grand échiquier trônait sur une table basse, entre deux fauteuils de rotin blanchis par le temps salé. J'ai poussé un pion en passant, à tout hasard, et j'ai porté mes sacs de provisions à la cuisine. J'ai fait le tour des lieux distraitement, trouvant à l'endroit un charme désuet, apaisant. De jolies gravures marines décoraient les murs, l'ameublement était sobre, confortable. Je me suis arrêté devant l'imposante bibliothèque du salon, qui occupait un pan de mur entier. Beaucoup de poésie. Frost, Whitman, Keats, mais aussi, étonnamment, Villon et Rimbaud, en français.

— Je fais du thé, d'accord?

C'était Nuna, à la cuisine. Il s'était mis à tomber un petit crachin, et la baie s'était couverte d'une fine brume. Une tasse de thé conviendrait en effet très bien. Je me suis assis dans la véranda. Tristan avait répondu à l'invitation : un pion noir était déplacé. J'ai ouvert à la sicilienne. On n'allait pas refaire le monde. Nuna est arrivée avec une théière fumante et de jolies tasses de porcelaine bleue. J'ai cherché Tristan du regard. Il arpentait le rebord de la falaise, un peu plus haut. Nuna s'est assise en face de moi et a déplacé un deuxième pion.

— Tu joues? ai-je demandé.

— Un peu.

J'ai retiré mes deux cavaliers de l'échiquier, supposant que ça égaliserait à peu près les chances. Nuna m'a dévisagé.

— Mais tu te prends pour qui ? a-t-elle fait, soudain ulcérée.

— Ben… Je joue depuis longtemps, je sais pas, je pensais… ai-je bafouillé.

— Non mais ! Remets ça sur le jeu ! Tu… tu sous-estimes toujours les gens comme ça ?

J'ai réfléchi un moment. J'ai remis les deux cavaliers sur l'échiquier, j'ai déplacé un autre pion.

— Peut-être, oui… Désolé.

On a joué une vingtaine de coups en buvant notre thé, j'ai commis deux erreurs subtiles, pour voir. Elle jouait solide. À un moment, Nuna a relevé la tête.

— Tu continues à me prendre pour une idiote, ou t'es juste très mauvais ? Échec.

J'ai regardé l'échiquier. L'air de rien, elle avait monté une offensive implacable. Rien de menaçant, en apparence, mais tout était tombé en place sur un seul coup. Je ne l'avais pas vue venir, je n'avais aucune excuse, outre le fait que c'était une sacrée belle attaque, sournoise et blindée. J'étais mort en six coups, si elle savait ce qu'elle faisait. J'ai essayé de la distraire en couvrant mon roi d'un fou qui aboyait plus fort qu'il n'aurait su mordre. Nuna a souri et m'a remis en échec avec la tour, comme il se devait. Elle avait lu le jeu parfaitement, ça n'avait rien à voir avec la chance. J'ai couché le roi et me suis calé dans le fauteuil en souriant.

— Okay, où t'as appris à jouer ?

Elle m'a considéré longuement, un pli espiègle au coin des lèvres. Elle brûlait de vendre la mèche, mais elle s'est retenue.

— Ah…

Elle nous a resservi du thé.

— Revanche ? ai-je risqué.

— Plus tard... Digère.

Elle avait prononcé ce dernier mot avec délectation. Garce.

14

Le ciel a fini par s'éclaircir par endroits, et les deux autres sont allés marcher sur la grève. J'ai décliné leur invitation à me joindre à eux. J'avais envie d'être seul un peu, ça tombait bien. Je me suis affairé tranquillement à préparer le chili con carne que je leur avais promis plus tôt. Je tenais la recette de mon oncle, qui m'avait aussi enseigné le surf, le poker et le zen. Drôle de quadrature. Il était en prison à Vestre Fængsel, au Danemark, en attente d'extradition. Un homme déconcertant. À certains égards, il ressemblait à Tristan. Tiens, je n'y avais jamais songé.

Comme Tristan et Nuna ne rentraient pas, j'ai fini par manger seul. Ça me convenait. J'ai laissé la marmite de chili sur la cuisinière, au cas où ils n'auraient pas mangé, et je me suis mis au lit avec un recueil de Robert Frost, qui m'a assommé en dix minutes. Il y avait un bout de temps que je ne m'étais pas endormi avec le doux murmure de la mer. J'avais passé les quatre premières années de ma vie au bord de l'océan, et bien qu'il ne m'en restât que des fragments de souvenirs, mon corps en avait gardé la mémoire intacte et entière. L'océan dans les oreilles, j'avais trois ans. Trois ans, et la vie était sacrément simple. Enfin, peut-être pas ; peut-être que j'hallucinais de loin une enfance qui n'était pas la mienne, qui n'était même pas l'enfance. L'enfance est peut-être grave, avant l'érosion, avant tout ce temps qui blanchit le bois, qui polit les cailloux. On se souvient de la mer, on oublie les petites fins du monde. Je ne sais plus.

Je me suis réveillé au beau milieu de la nuit, haletant, terrorisé par un cauchemar sans images, pure sensation. J'ai pris quelques minutes à regagner le contrôle de ma respiration, cherchant à mettre des couleurs et des mots sur ce rêve informe, sur ces ombres sans nom. Je me suis épongé le front, j'étais en nage. Je me suis levé pour aller boire quelque chose, mais arrivé sur le seuil de la chambre, j'ai figé net devant la fine embrasure. Dans la pénombre bleue du salon, Nuna, nue, nimbée de lune, ondoyait lentement sur le canapé, chevauchant Tristan. La gorge serrée, l'œil captif, j'ai observé, retenant mon souffle. Ni l'un ni l'autre n'émettait le moindre son, le silence m'a soudain paru oppressant, comme si j'assistais à un ballet aquatique. J'étais incapable de détacher mon regard du ventre de Nuna, de ses seins lourds aux aréoles sombres, des mèches noires qui lui collaient au visage. Elle avait les yeux clos, et de temps à autre elle rejetait la tête vers l'arrière et ses paupières s'ouvraient sur un regard d'aveugle, tendu vers le plafond, elle s'immobilisait tout entière l'espace d'une seconde, tressaillait, puis son bassin se remettait à bouger, d'abord à peine, et, lentement, son corps reprenait cette lancinante ondulation, comme une algue dans le ressac.

J'ai contemplé la scène encore longtemps, affligé d'une érection douloureuse, palpitant et paralysé à la fois, respirant par saccades, au même rythme que Nuna, au même rythme que Tristan. Au bout de ce qui m'a paru durer des heures, à en juger par la fatigue qui s'emparait de mes jambes, ils ont glissé par terre, Tristan s'est mis à genoux derrière Nuna, puis l'a prise avec lenteur. À présent, elle gémissait faiblement entre ses dents serrées, la tête ballante, ses cheveux humides balayant les lattes du plancher. Leur mouvement s'est enhardi, et comme la respiration de Tristan se faisait sifflante, Nuna a soudain relevé la tête en ma direction. Mes genoux ont failli lâcher sous mon poids, même s'il était parfaitement impossible qu'elle ait pu m'apercevoir ou m'entendre. J'étais dans une obscurité opaque, et pourtant son regard plongeait précisément dans l'entrebâillement de la porte, à hauteur du ventre. Avec une lenteur infinie, j'ai reculé d'un pas, et j'aurais juré avoir vu glisser un sourire sur ses lèvres. L'instant d'après, ses coudes ont fléchi, ses épaules ont cogné le sol et une plainte sourde, comme bâillonnée de l'intérieur, a fusé de sa gorge, de son ventre, tandis que les mains de Tristan s'agrippaient à la chair de ses hanches dans un spasme tremblant. Une crampe m'a barré l'estomac, j'ai détourné les yeux pour la première fois depuis une éternité et j'ai pris appui sur le mur, la bouche sèche. J'ai titubé jusqu'au lit et me suis effondré sur le dos, épuisé, grelottant. J'ai porté une main à mon sexe, puis me suis ravisé, saisi d'un dépit abyssal. J'ai fermé les yeux et j'ai appelé le sommeil de tout mon être. Et l'oubli, aussi, de grâce. L'érosion.

15

Au bout de cinq jours, je me suis mis à avoir une impression de déjà vu. L'impression grandissante que je recréais autour de moi les conditions que j'avais quittées, un peu malgré moi, d'ailleurs. Du silence, de l'eau, avec un léger dépaysement qui s'émoussait d'heure en heure. Depuis notre soirée au pub, j'avais réduit mes contacts au minimum avec le monde, Tristan et Nuna inclus. Nous cohabitions ; ils avaient leur horaire, j'avais le mien. Il nous arrivait de dîner ensemble, de faire une partie d'échecs, mais guère davantage. J'avais finalement appris que le frère de Nuna était Javier Sarramanga, le grand maître espagnol. Je ne jouais plus avec elle. Elle souriait chaque fois que je déclinais une de ses invitations. Fragiles vanités.

Je lisais. Romans, magazines, dictionnaires. De la poésie, aussi ; Rimbaud me laissait pantois, avec au cœur une rage confuse d'analphabète. Ses *Illuminations* m'apparaissaient comme un acte de courage démentiel, je n'y comprenais rien. « Rouler aux blessures, par l'air lassant et la mer ; aux supplices, par le silence des eaux et de l'air meurtriers ; aux tortures qui rient, dans leur silence atrocement houleux. »

J'avais acheté des bouchons pour les oreilles. C'était comme si Nuna et Tristan ne baisaient plus, c'était fantastique. Je gardais parfois les bouchons une bonne partie de la journée, me sentant comme un poisson dans un bocal, mais ça finissait par me donner des étourdissements, puis la migraine. Quand je voyais passer Nuna, de l'intérieur de mon bocal, ses pas ne faisaient aucun bruit. Je pouvais douter de son existence, me dire qu'elle était une sorte de joli fantôme, un mirage inoffensif. Si par malheur elle me regardait, l'illusion s'évanouissait, ça me fâchait. Je me levais et j'allais lire au lit.

Je savais très bien ce que je faisais. Autisme préventif de durée indéterminée. Ça m'a fait sourire, quand j'ai établi ce diagnostic. Je l'ai noté. J'avais un cahier à spirale, dans lequel je consignais ainsi une foule de choses insignifiantes. Plus c'était décousu, plus ça me plaisait. Des observations sur le temps se mêlaient à des aphorismes cryptiques. J'écrivais ce que portait Nuna, ce que mangeait Tristan dans une journée. Je jouais au malade mental, la liberté en moins. Armé de jumelles, je relevais la marque des voitures qui passaient sur la route du port, dégageant d'inutiles séquences. Je composais des proverbes hybrides : *Un homme averti ne fait pas le printemps* ; *A beau mentir qui trop embrasse* ; *Quand le vin est tiré, il faut récolter la tempête* ; *Qui ne risque rien châtie bien.* Des conneries. Et la caravane passait. Je n'avais aucune idée de ce que je faisais.

Un matin, où Tristan baignait encore dans son whisky

de la veille et ronflait comme un sanglier, Nuna est sortie de la salle de bains complètement nue, ruisselante, une serviette nouée autour de la tête, et est venue prendre son café à côté de moi sur la véranda. Le sang m'est monté aux joues et, tout en cherchant fébrilement un endroit convenable où poser mon regard, je me suis demandé ce que je n'avais pas compris, au juste. Elle a mis deux sucres dans son café, l'a remué avec application, puis elle a pouffé de rire. Cette fille était folle.

— Tu devrais voir ta gueule, Jack! s'est-elle exclamé.

— Tu devrais voir ta...

J'ai ravalé ma réplique. Elle l'a tout de même trouvée drôle.

— Mais qu'est-ce, quoi, je... explique... ai-je bafouillé en riant nerveusement.

— Tu me rassures, a-t-elle dit gravement.

— Je te rassure?

— Je sais pas, je commençais à croire qu'il n'y avait plus moyen de t'atteindre. Bon, j'ai ton attention, tu vas me dire pourquoi tu me fais la gueule depuis des jours.

— Que... Je te fais la gueule, moi?

— Tu me fais la gueule.

— Ah... ça. Non... non, ça n'a rien à voir.

— Non, Jack, écoute. Je ne veux pas me mettre entre Tristan et toi, je veux pas être cette fille-là, tu comprends? Je m'en vais tout de suite si tu me le demandes, je ne t'en voudrai pas une seconde. Je le sens bien que ça te pèse que je sois là, et puis Tristan et moi, tout ça, et puis la vague possibilité que... je ne sais pas... le triangle... T'as pas envie d'avoir ça dans... dans ton champ de vision, ça te regarde. Je m'en vais, okay? Je veux pas être un parasite, t'as visiblement pas fait ce chemin-là pour te retrouver avec ça sur les bras.

— Nuna, merde, t'es pas un parasite, dis pas des choses comme ça... Il faut pas que tu te sentes visée, je fais ça, des fois. Je me... déconnecte.

Je me rendais compte, avec un profond sentiment d'idiotie, de ce que j'avais pu projeter, comme l'autruche tout étonnée de se faire mordre le derrière alors qu'elle a la tête dans le sable.

— T'es sûr? Tu dis pas ça pour être poli, j'espère, parce que la politesse, franchement, on s'en fout, d'accord?

— Je te jure, ça n'a rien à voir avec toi... mais s'il te plaît, couvre-toi...

Je lui ai tendu un gros coussin brodé en regardant vers la mer, comme je n'avais pas cessé de le faire depuis qu'elle s'était assise. Je n'avais jamais trouvé le panorama aussi lassant que ce matin. Elle a pris le coussin, perplexe.

— Ça te dérange?

Je me suis pris la tête entre les mains.

— Tu couches avec Tristan, ai-je lâché.

— Bof, si peu... Mais sinon?

— Sinon quoi?

Je n'aimais pas trop le tour que prenait la conversation. Ça sentait le soufre.

— Sinon, tu regarderais?

— T'es belle... Et la dernière fois que j'ai vérifié, j'étais toujours hétérosexuel.

— Ah... Et c'est quelque chose qu'il faut vérifier périodiquement? Et c'est quand, la dernière fois que t'as... vérifié?

— Parce que ça te regarde?

— Je ne sais pas... Est-ce que ça me regarde, Jack?

— T'es très belle. C'est tout ce que j'ai dit.

— Hou là! Un compliment! Venant de toi, je suis flattée. Dommage que ça concerne mes... mes attributs physiques. Tous des porcs...

— Ben...! C'est un peu normal que ça soit la première chose qui me vienne à l'esprit! Tu joues aussi divinement aux échecs, si ça peut te faire plaisir.

— Continue.

— Euh... T'as... un bon sens de l'humour?

— Facile...

— Okay, alors, voyons, t'es vive, brillante. T'es sensible, t'as du cran, tu...

Je me suis coupé la parole, ça commençait à faire.

— Et j'aime beaucoup ta compagnie. Ça te va? ai-je conclu.

— J'espère bien que t'aimes ma compagnie, on se connaît à peine et je suis déjà toute nue! a-t-elle fait, se trouvant très drôle.

— Idiote.

— Allez, encore.

— Non, non, t'abuses, là.

Quand tu jouis, ça me donne envie de chialer, aurais-je ajouté, eussé-je été un parfait imbécile.

Je me suis levé et j'ai fait quelques pas dans la véranda. Nuna s'était recroquevillée sur la causeuse de rotin, serrant le coussin sur sa poitrine, mais offrant du même coup à ma vue la nacre de son sexe. J'ai détourné brusquement la tête comme sous l'effet d'une gifle, saisi de ce vertige si singulier, amalgame inextricable d'émotions violentes et contraires, comme si une main invisible plongeait dans ma cage thoracique et foutait la pagaille dans mes organes vitaux. Ça a fait rigoler Nuna. J'ai trouvé qu'elle y allait un peu fort avec moi, sous prétexte d'obtenir mon attention.

— Si tu t'habilles, je t'accorde une partie d'échecs, ai-je dit, un souffle au cœur.

— Tu *m'accordes* une partie ?

— Parfaitement. Et je te bats.

— Oh, mais on tient la grande forme ! Toi, tu vas battre une Sarramanga ?

— Je vais me taper la sœur d'un grand maître, oui.

J'ai regretté le choix de mots. Je m'attendais à ce qu'elle me le remette sous le nez, mais non.

— C'est dommage de t'infliger une défaite, t'avais l'air de bonne humeur, pour une fois ! Mais si tu insistes...

Elle s'est levée et est montée s'habiller. Je suis allé me verser un autre café, en songeant qu'elle avait sans doute raison sur le plan de la méthode. Elle m'avait entièrement déstabilisé et, paradoxalement, ce n'était pas tant sa nudité qui m'avait troublé, ou même son impudeur moqueuse, que le fait qu'elle semblât tenir à ce point à briser ma léthargie, à communiquer à tout prix. J'en étais presque ému. Sacrément culottée, mais fine psychologue. Et entre les claques sur la gueule de Tristan et les seins de Nuna, en guise d'électrochoc, j'avais une nette préférence.

Elle est redescendue, vêtue d'un ample tricot de coton. J'ai respiré. Nous nous sommes assis de chaque côté de la table basse, j'ai tiré les blancs.

— Tristan dort toujours ?

— Hmm... Il est pas près de se réveiller. Avec Dave, il a vidé tout ce qu'il y avait à bord du bateau, hier soir. Des mélanges horribles. On s'est couchés à l'aube.

— Et toi, ça va ?

— Moi, j'ai vingt-trois ans... a-t-elle répondu, railleuse, en se tâtant un biceps.

J'ai déplacé un premier pion. J'avais intérêt à la gagner, celle-là.

— Et toi, t'as quel âge, encore ?

— Trente-six.

— Voyons... ça fait treize ans d'écart. C'est...

— Joue, ai-je tranché.

À la cadence que j'ai vite imposée au jeu, elle a deviné que j'avais faim. Elle a ouvert avec prudence, posant patiemment ses pièges en attendant que je morde à l'appât. Elle mettait une éternité à jouer chaque coup, prenant plaisir à me voir trépigner. Je la bluffais, c'était exquis. Derrière une offensive désorganisée, plus irritante que dangereuse, je fomentais la mise à mort avec un plaisir retors, faisant de chaque attaque bâclée une occasion de retraite stratégique. Et elle n'y voyait rien. Pour la première fois, il me semblait que j'emmenais Nuna, à son insu, sur mon terrain. Elle a joué au bunker encore un bon moment, croyant ainsi me faire perdre le fil. J'ai fini par lui donner un fou en sacrifice, et, ayant perdu toute méfiance, elle l'a pris avec son cavalier, cavalier qui s'avérait le pivot de toute sa défense. Elle le savait, bien sûr, mais ne me croyait pas capable de pénétrer immédiatement la brèche. Or, justement je le pouvais, et d'une façon si élémentaire que la manœuvre lui était devenue invisible. Un pion par trop évident couvrait la reine. C'était le pari que j'avais pris : brouiller les cartes jusqu'à rendre la simplicité improbable. Parier sur une erreur de l'adversaire est absolument à proscrire, aux échecs, sauf si cela constitue notre seule chance d'arracher la victoire. Je me suis calé dans le fauteuil en soupirant d'aise. Elle m'a considéré un moment sans comprendre, puis, jetant un autre coup d'œil sur l'échiquier, elle a sursauté.

— Mais... mais c'est nul ! Tu... tu... a-t-elle bredouillé.

Je n'ai rien dit, cela n'aurait qu'entaché mon plaisir. Je ne l'avais pas battue aux échecs — elle me surclassait à ce jeu ; je l'avais battue au poker. J'ai eu une tendre pensée pour l'oncle Bruce. Elle a finalement couché son roi d'une chiquenaude.

— Je ne te croyais pas aussi malhonnête, Jack.

— Oh... de mieux en mieux ! Mauvaise perdante, hmm... ça te va bien. Une autre forme d'impudeur...

Elle m'a lancé un coussin à la figure.

— Revanche, a-t-elle ordonné en replaçant les pièces.

— Plus tard, ai-je dit. Digère celle-là d'abord...

— Salope...

— Salope ?

— Ouais, Jack : t'es une *salope*... et une salope sans aucun talent, d'ailleurs, a-t-elle décrété avec un sérieux presque parfait.

J'ai éclaté de rire. On ne m'avait jamais traité de salope. Ce n'était pas déplaisant.

16

J'ai apporté un café à Tristan, qui n'a pas daigné ouvrir l'œil. Il empestait la charogne, et à son teint je me suis dit qu'il en avait pour l'après-midi pour se refaire une dignité. Avec Nuna, je suis allé marcher sur la crête de la falaise. J'avais voulu me remettre à mes activités, notamment la recension du trafic automobile, mais elle m'avait agacé jusqu'à ce que je cède. D'ordinaire, je n'aime pas qu'on m'agace.

Profitant d'une rare percée de soleil, on s'est installés sur un promontoire rocheux qui surplombait la baie. On s'est allumé une cigarette, on a discuté un bon moment. Nuna avait une drôle de façon de fumer, artificielle et maladroite. Elle exhalait la fumée comme on souffle des bougies d'anniversaire et tenait la cigarette du bout des doigts, avec une sorte de répugnance. Il y a les vrais fumeurs — j'en suis — et les autres, auxquels je ne comprends rien.

Pourquoi s'infliger ça, si on n'en a pas le besoin impérieux, si l'insatisfaction orale n'y est pas réellement?

— Tu ne devrais pas fumer, Nuna, ai-je dit, ça ne te va pas.

— Ça ne me va pas? N'importe quoi... Qu'est-ce que ça veut dire?

— Bof, oublie ça.

Elle a hoché la tête en riant.

— T'es drôle... Et t'as l'air tellement normal.

Je me suis allongé et j'ai fermé les yeux. Le vent était doux, il jouait dans nos cheveux. Nuna s'est penchée sur moi et a déposé une bise chaude sur ma joue. Un sourire sur ma peau. Je n'ai pas rouvert les yeux. Une dizaine de minutes se sont écoulées.

— C'était pourquoi, ça?

— Quoi, la bise? Pour rien. Gratuit. Cherche pas plus loin, Jack... il n'y a pas toujours un second degré à tout, tu sais...

J'ai réfléchi à la question un moment. J'aurais bien aimé trouver une façon d'être d'accord avec elle. Un Boeing argenté traçait un long sillon dans le ciel.

— Comment ça vole? m'a-t-elle demandé d'une voix de Petit Prince, en désignant l'avion minuscule.

— Tu devrais savoir. T'es pas en sciences, toi?

— Je suis en biologie! Je... je peux t'expliquer comment on fait des corn-flakes transgéniques, mais je ne peux pas tout savoir... Et puis ça ne m'a jamais intéressée de savoir ça, avant. Alors, tu peux m'expliquer, ou t'es juste un crétin de pilote?

— Juste un crétin, mais je peux t'expliquer.

Je me suis relevé sur un coude, rassemblant mes notions.

— La théorie du vol, voyons voir... Bon. Tu as quatre forces à l'œuvre dans le phénomène, qui s'opposent par paires. D'abord, dans l'axe vertical, tu as le poids, donc la gravité, à laquelle tu opposes la portance.

— Explique.

— La gravité, tu dois déjà avoir une vague idée de ce que c'est... Ou alors ça viendra...

— Tu fais vraiment une fixation sur l'âge, toi, a-t-elle coupé. C'est quoi au juste? Une façon de te consoler pour ton arthrite précoce? Et ça soulage ton genou? Dis-moi.

Je l'ai trouvée drôle. Elle m'a fait un clin d'œil.

— Bon, alors la gravité, ça va, on dirait. La portance, c'est... c'est ce qui tient toute l'affaire en l'air. Elle est produite par la friction de l'air sur les ailes, qui, à cause de leur profil et l'angle d'attaque, génèrent une zone de haute pression en dessous et une dépression au-dessus. Augmentation de la pression dynamique, donc chute de la pression statique sur l'extrados, le phénomène obéit au principe de Bernoulli, et là, on tombe dans la physique... pas mon domaine. Mais en gros, c'est cette dépression qui constitue quatre-vingt pour cent de ta portance.

— Ouf! Okay.

— Ensuite, à l'horizontale, tu as la traction et la traînée. La traction, ou la poussée dans le cas d'un réacteur, est la force produite artificiellement pour combattre la traînée, qui, bien sûr, résulte de la résistance naturelle opposée par l'air à tout objet qui s'y déplace. La friction, donc.

— Bien sûr.

— Bon, alors quand tu voles en palier à une vitesse

constante, c'est que ces quatre forces sont en parfait équilibre. Au décollage, la traction et la portance ont des valeurs supérieures à leurs contreparties. L'inverse à l'atterrissage, grosso modo. Et voilà. C'est la théorie du vol.

Elle a réfléchi un moment.

— La grande trouvaille, au fond, c'est la portance, a-t-elle décrété, rêveuse. Mais la portance, au fond, c'est une forme de traînée, non? Elle provient de la friction de l'air sur les ailes, c'est ça?

— Le vent relatif, ouais.

— C'est ironique.

— Ironique? Un phénomène physique n'est pas ironique... il est, c'est tout.

— Ben... C'est en combattant une force négative que tu génères celle dont tu as besoin. C'est une forme de... de détournement, non? Pas de portance sans traînée... C'est un choix.

Je n'avais jamais considéré la question d'un point de vue existentiel, mais le raisonnement tenait la route.

— T'apprends vite, ai-je dit.

Elle a souri.

— C'est parce que tu expliques bien, pour un crétin de pilote... arthritique.

On a regardé le jet un long moment, jusqu'à ce qu'il scintille et disparaisse sur l'horizon.

— Alors, pourquoi vous êtes plus ensemble, toi et la sœur de Tristan?

La question m'a surpris. Je ne voyais pas le rapport avec la théorie du vol, ou je le voyais trop.

— Monica.

— Monica, oui.

J'ai allumé une autre cigarette. Nuna m'observait, son regard réchauffait ma joue. J'ai tenté d'en faire abstraction.

— Accident, ai-je dit enfin.

— Ben oui, c'est toujours un accident, mais sérieusement...?

— Non, vraiment : accident. Accident d'avion, en fait.

— Rapport?

— C'est moi qui pilotais. J'ai crashé l'avion. Elle ne me l'a pas pardonné.

— Comment, *pardonné*? C'était son avion?

C'est vrai que ça ne tenait pas debout. Je n'avais pas envie d'expliquer.

— Regarde : oublie ça, tu veux?

— Qu'est-ce qu'elle t'a pas pardonné? a-t-elle insisté.

Je me suis relevé, j'ai épousseté mes vêtements du revers de la main.

— On ne se connaît pas, Nuna.

C'était abrupt, j'ai regretté. Mais c'était dit. Je suis rentré à la maison compter les voitures.

17

J'ai fait une découverte amusante dans la bibliothèque, étonné de ne pas l'avoir remarqué plus tôt : le catalogue de ma première expo, sur lequel Muriel avait mis le paquet. Il y avait une bonne photo sur la couverture, de la même série qui m'avait valu l'attention du *National Geographic*. Je me souvenais parfaitement des circonstances entourant cette photo, qui étaient particulières.

Je venais récupérer des Français que j'avais emmenés chasser, à deux heures au nord de Val-d'Or. J'étais arrivé en avance, profitant d'un bon vent et du turbocompresseur du nouveau Beaver, qui développait cent chevaux-vapeur de plus que l'ancien. Je m'étais installé sur la petite plage jouxtant le quai, pour manger un sandwich et voir s'il n'y avait pas quelques photos à faire, profitant d'un ciel matinal fragmenté, troué de pieds de vent, ces percées de soleil étranges et violentes, dont les images pieuses font grand cas.

Puis j'avais vu l'ours noir. Il avançait prudemment sur le quai flottant, s'arrêtant de temps à autre pour humer l'air. J'ai retenu mon souffle, ne songeant qu'au bout de plusieurs minutes à me saisir de l'appareil. L'ours est parvenu à l'extrémité du quai, il s'est assis et, la tête penchée sur le côté, il a observé longuement l'hydravion. Le tableau était d'une douce incongruité, émouvante. J'ai pris la photo. Puis je me suis aperçu que j'avais atteint le bout de la pellicule. J'ai cherché dans mes poches un autre rouleau, mais tout le matériel était resté dans l'avion. De toute manière, j'avais ma photo, je le savais. Parfois on tâtonne, parfois on le sait.

Juste pour voir, j'ai lancé le reste de mon sandwich sur le quai. L'ours m'a regardé un moment, sans paraître surpris, il est venu renifler le morceau, puis s'est empressé de l'engloutir. Je m'attendais à le voir détaler, mais il s'est prudemment engagé sur la plage, s'approchant de moi. C'était bien l'ours le moins craintif que j'aie vu de mes quatre années en Abitibi.

Des voix ont fusé dans la forêt, tout près. Mes Français arrivaient du campement par le sentier menant au lac. L'ours a tendu l'oreille mais n'a pas réagi. Puis un des chasseurs est apparu entre deux buissons, à une trentaine de mètres de l'ours. Lorsqu'il l'a aperçu, il a précipitamment déposé son sac à dos et il a épaulé sa carabine. L'ours ne bougeait pas, il était d'un calme souverain, parfaitement inapproprié. Avant que je n'aie eu le temps de réagir — qu'aurais-je fait, d'ailleurs ? —, le coup est parti, assourdissant, et son écho a grondé longtemps sur le lac, pendant qu'au-dessus des épinettes s'envolaient des nuées d'oiseaux affolés.

L'ours n'avait pas bougé d'un poil. Tout à fait placide, il a dévisagé ce curieux animal vêtu d'un dossard orangé, et qui faisait tant de bruit. Je me suis dit qu'il devait être sourd, ou alors bourré de Valium, cet ours, c'en était absurde. L'autre animal, l'animal orangé, a lâché un juron en rechargeant son arme, il a épaulé puis tiré un second coup de feu, prenant à peine le temps de viser. La balle a percuté l'eau à une centaine de mètres du bord. L'ours m'a regardé de nouveau. «Mais qu'est-ce que tu fous, Marcel?» a lancé un autre chasseur, moqueur. Trouvant que Marcel avait eu sa chance — et largement —, j'ai ramassé un galet et l'ai lancé de toutes mes forces vers la bête, que j'ai atteinte en plein museau. L'ours a poussé une plainte douloureuse, puis s'est enfui dans les fourrés en geignant, enfin. Je n'avais jamais vu ça, c'était à croire que cet animal avait été nourri au pain sec dans le parc La Fontaine. Marcel s'est approché de moi, ivre de colère et, à en juger par sa démarche, ivre tout court.

— Eh, toi! Putain, de quoi j'me mêle! Qu'est-ce qui t'a pris, nom de Dieu? T'es le pilote, oui ou merde?...

— C'est pas la saison, pour l'ours, ai-je répondu avec fermeté.

Je mentais effrontément. La saison se terminait dans deux jours.

— Mais c'est n'importe quoi! C'est pas ce qui était dans la brochure, hein! Parce que moi, eh...

— C'est une erreur, dans la brochure. Je ne ramène pas de braconniers dans mon avion, je perdrais ma licence. Bon, faudrait y aller, le temps va se couvrir.

Espérant que le mot «braconnier» avait tempéré sa rage, j'avais ramassé mes choses et m'étais dirigé vers l'avion, pendant que Marcel continuait de se plaindre sans conviction. Une fois à bord, ce débile m'avait harcelé pour piloter, arguant que ça ne prenait pas un génie et que je lui devais bien ça. Je lui avais promis que je lui passerais les commandes après le décollage, puis j'avais grimpé à six mille pieds d'altitude, avec un sérieux taux de montée. Sous les effets ainsi décuplés de l'alcool, Marcel et ses trois copains avaient aussitôt sombré dans un coma éthylique, que même l'orage qui s'approchait n'aurait su perturber. « Hypoxie histotoxique », que ça s'appelle, et ça marche. J'étais tranquille. Et j'avais une sacrée photo.

J'avais intitulé la photo *Gandhi*, au grand désespoir de Muriel, et voilà que je la retrouvais dans cette maison louée du Maine. Si Tristan avait raison au sujet des coïncidences, je ne comprenais pas le message. N'empêche, je n'ai pas compté les voitures, cet après-midi-là. J'ai feuilleté le catalogue et pensé à Gandhi, l'ours. J'espère qu'il se méfie des Français depuis, et que son museau lui démange chaque fois qu'il croise des humains.

— Tu penses à quoi ?

Je n'avais pas entendu Nuna rentrer. Le temps s'était gâté.

— À Gandhi, ai-je répondu en glissant le catalogue sous un coussin.

Elle a semblé vouloir dire quelque chose, mais s'est ravisée, vaguement navrée. Elle est montée voir Tristan.

18

Muriel. Justement. L'antithèse parfaite de Nuna. Je ne sais pas ce que je lui avais trouvé, à Muriel. Une femme comme je les déteste, une sur mille : précieuse, fausse, calculatrice. Une sale intelligence d'homme dans un corps incendiaire ; un corps aztèque, une âme sacrificielle. Elle avait le verbe coupant et l'orgasme hautain. Brillante Muriel.

Nous n'avions couché ensemble qu'une fois. Elle me promenait à l'époque à travers les soirées de Soho, m'exhibant comme sa découverte du moment, l'étoile montante d'un néoréalisme cru, courant qui n'avait de tangible que sa dénomination racoleuse. Fumisterie. Mais ça marchait. Les gens payaient des sommes considérables pour les photos, les revues en parlaient, les prix montaient, et les gens en voulaient plus. Cinq siècles après les essais de Vinci, Muriel inventait ainsi chaque jour le mouvement perpétuel.

Tandis que mon zinc pourrissait dans un hangar depuis six mois, les expos se succédaient plus vite que je n'arrivais à développer les rouleaux de pellicule amassés durant les trois dernières années. Et lentement, d'éloge en éloge, de cocktail en cocktail et de coke en Valium et en coke, je m'étais mis à y croire.

Cinq heures vingt, l'aube sur Manhattan après une soirée interminable chez Joel Stein, avocat des grands de ce monde et agent d'artistes par goût, qui vient d'acheter les trois quarts de l'exposition. Le gars m'adore, je n'y comprends rien. Le même ciel ici qu'ailleurs, et pourtant on dirait du velours. Un dernier verre chez Muriel, Charlie Parker dérape, c'est magnifique, elle n'y connaît rien, mais Bird, on redécouvre, junkie aux ailes brûlées, c'est chic. Je me suis engueulé avec Monica, au téléphone. Elle a été âpre, j'ai été glissant. Il y a un bout de temps que l'on fonctionne sur ce mode, elle et moi. Le décolleté maléfique de Muriel glisse, ce rire froid quand j'empoigne sa nuque, la rage au ventre, et autre chose aussi. Elle m'échappe, s'esquive avec lenteur, des étoffes tombent, elle brise un verre sur le carrelage, pour le plaisir.

Et tandis que je la prends sur le sol, dans cette cuisine glaciale, couchés parmi de fins tessons ; pendant que fusent ces soupirs arctiques, comme des éclats de rire, derrière la grande muraille où les mille hommes que j'aurais pu être gisent rompus ; pendant qu'elle prend ce plaisir qui est sien, regard monarchique, qu'elle m'exproprie ; pendant qu'un mauve blafard inonde ce ciel de contrebande ; pendant que je jouis, que je fuis, de partout, m'assèche, me désincarne ; pendant ce temps je, je risible, je pitoyable, je au sommet du monde, je pense à Monica. Je pense avec une joie féroce qu'elle pourra enfin me cracher au visage — des mois qu'elle en rêve —, me traiter comme l'ordure que je suis devenu, ordure latente que je fus toujours, et nous pourrons enfin me haïr, ensemble, unanimes. Ensemble.

J'en pleurerai encore de joie au matin, dans les draps de Muriel, et je n'arrêterai pas, et je resterai muet devant elle qui exigera des réponses, menacera, méprisera. Elle me jettera à la porte comme un pestiféré du cœur, jurant que je suis fini, que New York tout entier ne veut plus de moi. Et New York aura raison. Je rentrerai, je retournerai à mon zinc foutu, à ma femme bientôt disparue, et je me reposerai peut-être enfin dans la froide étreinte de mes amours.

19

Un billet d'avion dans ma poche, je suis parti de Grand Central en autobus le jour même, rapportant avec moi quelques photos, et sur ma peau des relents de venin. Autant l'odeur de Muriel avait-elle su m'égarer, autant elle m'était devenue insupportable; je la portais comme un suaire, empestant le cul dans le Greyhound qui filait vers le nord, empestant la mort.

Correspondance à Montréal, attente de deux heures dans le terminus qui ressemble à une morgue. Nuit néon, fumée froide, café de distributrice. Pourquoi l'autobus? Parce que quatre heures de vol représentent un bien piètre chemin de croix. J'avais besoin de sentir la distance me passer sur le corps, de voir chaque panneau indicateur, de compter les bornes; besoin du parc La Vérendrye, de son ennui magnifique dans la nuit pleine; besoin de mauvais café; besoin de me pisser dessus dans les toilettes exiguës, malmené par les cahots de la route ; besoin de mon mickey de Bacardi, de la torpeur nauséeuse dans laquelle il m'ensevelissait.

Je suis arrivé chez moi au petit matin, l'âme brûlée par l'alcool, titubant de fatigue, saignant du nez, souvenir alcaloïde. Monica dormait. Je me suis étendu sur le sofa du salon et, dans la lumière franche et pure du matin, j'ai sombré dans un sommeil incinérateur.

À mon réveil, j'ai trouvé une note sur la table basse : « Tu m'expliqueras. Dors bien. Plus de lait pour le café, désolée. M. » Un mot presque tendre. J'ai regardé ma montre. Il était quatre heures de l'après-midi. J'avais mal partout, et il m'a fallu une demi-heure avant d'assembler le courage nécessaire pour me lever. Demain serait pire, assurément. J'ai bu ce qu'il restait de la cafetière du matin, liquide ignoble, d'une amertume à faire vomir, puis je suis resté dans la cuisine à regarder le jour mourir lentement, espionnant la route, à l'affût du ronron familier du moteur diesel de la Golf. La Buick n'avait pas bougé depuis mon départ, et un des pneus était à plat. Je me suis rendu compte qu'on était jeudi, ce qui signifiait que Monica ne rentrerait pas avant onze heures. Elle avait son souper de professeurs le jeudi. Je n'y assistais que rarement, trouvant la plupart de ses collègues si empêtrés dans leurs petites intrigues professionnelles qu'ils en devenaient des gouffres d'ennui, ennui auquel je remédiais en buvant trop. J'aurais pu endurer, si ce n'avait été du directeur de l'école primaire, un petit gros à cravates courtes qui avait des théories sur tout et des idées sur rien. Je m'étais brouillé avec lui la première semaine de notre arrivée à Val-d'Or, ce qui faisait au moins ça de réglé. Il faisait du plat à ma femme, mais jamais prétendant ne m'avait moins inquiété que Jean Jodoin. Il jubilerait à l'annonce de ce qui allait nous arriver, à Monica et à moi.

Il y avait un moment que je m'étais mis au lit lorsqu'elle est rentrée. Je l'ai entendue gravir les escaliers d'un pas feutré, puis se brosser les dents. Elle s'est glissée entre les draps avec une délicate précaution.

— Bonsoir, love, ai-je murmuré.

Elle a sursauté et s'est tournée vers moi, assise dans le lit. Elle m'a caressé les cheveux.

— Tu m'attendais ?

— Je ne dormais pas, non. C'était bien, le souper ?

— Hmm. Je croyais que tu revenais lundi prochain.

— Ouais. J'ai écourté.

Elle aurait dû me demander pourquoi je revenais plus tôt que prévu, comment s'était déroulée l'expo, tout ça, mais elle ne l'a pas fait. Elle s'est allongée tout près de moi.

— T'as pris une douche, aujourd'hui ?

— Non, je sens mauvais ?

Elle a hésité une seconde.

— Le... La sueur, un peu...

Non, mon amour, je ne sens pas la sueur, et tu le sais. Je sens le Chanel machin, je sens la baise, le foutre, je sens la chatte de Muriel, et cette petite pointe musquée dans l'air entre nous deux, sur mes doigts, et dans ma barbe, oui, je sais que tu la sens, c'est l'odeur du cul de Muriel, c'est particulier, tu ne trouves pas ? Muriel, bien sûr, tu te rappelles... Cette fille superbe — c'est toi qui l'as dit, il fallait que tu le dises, il fallait l'exorciser, cette beauté sombre, il fallait la sortir du silence comme d'un écrin, la beauté de cette chienne, l'éventer, n'est-ce pas ? Cette fille, oui, qui se moquait méchamment de ton mauvais anglais, bien sûr que tu te rappelles ; on se souvient des gens à qui on arracherait les yeux avec délectation, il me semble.

— Je prends une douche, si tu veux. Oui, t'as raison, je suis dégoûtant. Deux minutes, je reviens tout de suite.

Je me suis levé. Je suis allé à la salle de bains. J'ai ouvert la douche. Puis, assis dans le fond de la baignoire, la tête entre les mains, j'ai essayé de réfléchir, pendant que l'eau ruisselante s'acharnait sur les traces superficielles, sur de sèches sécrétions et de minuscules estafilades. La douche est à l'infidélité ce que le maquillage mortuaire est au cadavre : un touchant effort. Mais mon cœur embaumé battait toujours, et, prostré sous le jet brûlant, j'ai souhaité qu'il cesse de s'acharner, bête machine à pomper.

Monica a frappé à la porte. Il y avait une éternité que je gisais là. L'eau chaude du réservoir était épuisée depuis un bout de temps et, en me relevant, les membres gourds, je me suis rendu compte que je frisais l'hypothermie. J'ai enfilé un peignoir.

— Oui, oui ! Je sors...

Je me suis remis au lit, grelottant. Monica s'est rassise à côté de moi, elle s'est allumé une cigarette, fixant le mur. Il y avait plus d'un an qu'elle avait cessé de fumer, mais elle gardait un vieux paquet de Camel fripé dans le tiroir de la table de nuit. Quand elle en grillait une, comme ça, dans le noir, c'est qu'elle réfléchissait.

Fume, mon amour, tu la mérites, celle-là. Courage. Extorque-moi la vérité, je ne le ferai pas pour toi. Mais la veux-tu seulement, la vérité ? Elle remonte comme une eau suintante, n'est-ce pas ? Elle inonde le dédale de ton esprit, et les digues cèdent, je les sens qui cèdent. L'intuition se dessine, la lumière se fait, comme l'aube assassine dans l'œil du vampire qui s'est égaré, l'horizon rosit, mon amour, la mort approche. Comment l'accueilleras-tu? Fuis-tu, creuses-tu la terre de tes ongles, cherches-tu le refuge de notre cachot? Non, je te connais. Que peut-on contre l'aube?

— Qu'est-ce qu'il y a, Jacques? Il y a quelque chose.

Je ne te réponds pas, love. Ça ne suffit pas. Tu es plus forte que ça, plus digne. Traque-moi. Je ne veux pas de ces sas ouverts, de ces failles par lesquelles m'évader. Nom de Dieu, Monica, je me suis couché dans notre lit! Que fais-tu de ces parfums fétides? Bordel, qu'est-ce qu'il te faut?

— Tu...

Oui, je. Mon amour. Tire.

— Tu as... tu as couché avec une... qui?... T'as couché avec Muriel...?

J'ai laissé le silence admettre, chaque seconde dire oui.

— Je t'aime, Monica.

Elle a serré les lèvres. Et cette plainte grave, la même, celle du crash, cette même plainte a doucement fusé de sa gorge, tandis qu'elle fixait le mur, comme la cime des épinettes noires. Je n'ai rien dit, rien fait.

Tout se jouait là, mais tout était déjà joué. J'ai prié pour qu'elle n'ait pas la faiblesse de pardonner, de protéger des espoirs moribonds. Mais je lui avais dit que je l'aimais, car je ne voulais pas que ce soit facile. Je voulais que de ce choix qui prenait forme en elle, que de ce choix cruel, crucial, que de ce choix elle ne puisse jamais douter. Je lui devais tant, mais cela par-dessus tout.

Ne cède pas, mon amour, tu y es presque. Tu es forte. Renais sans nous. Ne me pardonne pas, laisse notre dépouille derrière, ne te retourne pas. Toi, tu ne m'aurais pas trahi, tu es un roc. Tu ne m'aurais pas trahi, tu le sais, appuie-toi là-dessus, ton levier est là. Nous ne sommes pas égaux. Le lion ne dort pas avec la hyène. Monica, ma lionne, laisse-moi aux vautours.

— C'est fini, Jacques?...

J'ai serré les mâchoires, n'ai rien dit. Nous y étions. Presque.

— C'est fini, Jacques.

Elle s'est levée, sa robe de nuit a glissé au sol, je l'ai vue nue pour la dernière fois, la courbe d'un sein, son dos, une dernière fois, l'ombre fugitive de son sexe, dernière fois, son ventre de lait. Elle a enfilé un jean, un chandail, et noué ses cheveux. D'une main tremblante, elle a ramassé le paquet de Camel.

La porte qui se referme doucement, comme pour ne pas éveiller quelqu'un, le moteur de la Golf, et puis plus rien. Huit jours, Erik Satie, ses *Gymnopédies*, la troisième, surtout, qui est comme un matin d'hiver mouillé, sans écharpe, un vide dans la poitrine. Valises, changer le pneu de la Buick, puis les cinq heures de route, le chalet de grand-maman à La Minerve, ce néant à bâtir, à entretenir comme les fleurs au pied d'une stèle. Et de savoir, tout ce temps, qu'un jour, *de mon vivant*, elle ne me manquerait plus. Car c'était peut-être ça, le pire : savoir cela. Devenir cet homme.

20

J'ai trouvé un casse-tête sur le dessus de la bibliothèque et j'ai commencé à en étaler les pièces sur la table à
café du séjour. Des nénuphars de Monet, en mille morceaux.

Il y avait des années que je n'avais pas fait un casse-tête.
C'était quelque chose que je faisais enfant, avec mon père.
Vers la fin de l'automne, quand le soir tombait à bras rac-
courcis sur mon carré de sable et ma cabane dans les
arbres, mon père sortait les casse-têtes de la vieille
armoire. Nous passions des heures en silence, entièrement
absorbés, lui tapotant machinalement sur la table, moi sif-
flotant, ou l'inverse, je ne sais plus. Il nous faisait du chocolat chaud. Méthodique, il s'attaquait aux contours
d'abord, pendant qu'impatient je tentais pour ma part de
reconstituer les visages, les objets. Il me laissait faire, peinant de son côté sur des bouts de ciel, des champs et autres

étendues uniformes, puis il s'extasiait lorsque, fier comme si je les avais moi-même dessinés, j'exhibais un chien, une dame et son ombrelle ou une grange rouge que je plaçais, triomphant, au milieu du champ de maïs qu'il avait patiemment recréé. D'aussi loin que je me souvienne, je me suis toujours cru plus intelligent que mon père. Rien de plus faux, mais c'était un beau cadeau.

J'ai commencé le casse-tête des nénuphars par les contours, parce qu'on finit bien un jour par comprendre.

Nuna est venue s'asseoir à côté de moi et s'est mise à l'ouvrage sans dire un mot.

— Tristan se lève ? ai-je demandé.

— Non. Il dort, a-t-elle répondu, un filet d'ennui dans la voix.

J'ai trouvé le quatrième coin.

— Il a toujours bu autant, Tristan, ou c'est juste une phase de vacances ?

J'ai réfléchi un moment. Toutes les réponses simples à cette question me semblaient injustes.

— Tristan... Tristan se fixe très peu de limites, ai-je dit enfin.

Elle a hoché la tête, songeuse.

— Et il est toujours comme ça, enthousiaste, plein d'énergie, et tout ?

J'ai soupiré. Tristan a de fines cicatrices aux poignets, des souvenirs qu'il est difficile de faire mentir.

— Non. Il a ses mauvais jours, comme tout le monde...

Comme tout le monde, mais en pire, ai-je songé. Nuna s'est concentrée sur le casse-tête.

— C'est qui, Louise ? m'a-t-elle demandé après un moment.

— Louise, euh, c'est l'ex de Tristan... Pourquoi ?

Elle a hésité.

— Il a commencé à lui écrire une lettre... Je suis tombée dessus tout à l'heure, je cherchais mon peigne.

— Tu l'as lue ?

Elle m'a dévisagé, courroucée, comme si je l'accusais de nécrophilie ou quelque chose du genre.

— Ça ne se fait pas ! T'es fou ! J'ai juste vu le nom, en haut de la page... Non, je me demandais, c'est tout, qui c'était...

— Ils sont restés amis... Ils se parlent encore, s'écrivent des fois.

Rien n'était plus loin de la vérité. Tristan et Louise étaient tout sauf des amis. C'était une paire de cinglés de première ; Tristan était le plus inconséquent des deux, et Louise la plus méchante. J'occupais mes doigts à trier les pièces du casse-tête par couleurs, mais mon cerveau carburait à plein régime. J'étais furieux contre Tristan. J'avais cru que cette fois, c'était la bonne, que sa danseuse de ballet était brûlée, excommuniée, et que même cette amitié puante que Louise et Françoise Molinari cultivaient, beau temps, mauvais temps, ne saurait remettre cela en cause. Il y avait sept ans qu'elle et Tristan s'entre-déchiraient passionnément, que tous les six mois, Louise le larguait avec une délectation de guillotine et lui revenait dès qu'il paraissait se passer d'elle sans trop de problèmes. S'ensuivait une lune de miel torride, des promesses larmoyantes, des projets pastel. Puis, à la moindre connerie de Tristan — il n'en est pas avare —, elle refaisait ses valises, se tapait un voyage, un cours de croissance personnelle et le premier portier de discothèque venu. Le dernier en date était un arrogant nommé Carlos, un baraqué qui faisait du yoga, de la moto et, depuis sa très brève rencontre avec Tristan, de la physio deux fois par semaine, pour une épaule à demi arrachée. Jiu-jitsu brésilien : une autre des lubies passagères de Tristan.

Je n'ai rien laissé paraître de ce qui me travaillait, je me suis concentré sur les nénuphars. J'espérais avec ferveur que ce ne serait rien, que Tristan lui écrivait une lettre fielleuse, lui signifiant une rupture définitive. Mais ce geste aurait été atypique de sa part : Tristan n'a pas cette désolante propension à remuer les aigreurs, les regrets. Il manque totalement de *perspective historique*, ce qui le met à l'abri de bien des constats, bons ou mauvais. Bref, ça augurait mal, cette lettre.

Nuna s'est relevée au bout d'une demi-heure, après avoir placé quatre ou cinq morceaux, dont la signature de Monet, seul élément facilement reconnaissable de l'ensemble.

— C'est vraiment... vraiment très, *très* chiant comme activité ! a-t-elle soupiré.

J'ai souri. Elle avait parfaitement raison.

— Il faut voir ça comme un mandala tibétain...

— Qui est... ?

— Ben, tu sais, les diagrammes géométriques que les moines bouddhistes dessinent sur le sol, avec du sable de toutes les couleurs. Il se mettent à cinq, ils en ont pour des semaines, et quand ils ont fini, il ne prennent pas de photo, rien, ils le balaient aussitôt, ou alors ils dispersent le sable dans les eaux d'une rivière, quelque chose comme ça. Puis ils en recommencent un autre.

— Oui, j'ai déjà vu ça à la télé. Ils le foutent en l'air après ? C'est triste, non ?

— Ça dépend du point de vue. C'est sûr que, pour le patrimoine culturel mondial, c'est pas très fort. Mais en le détruisant, ils s'empêchent de ressentir de la fierté, tu vois. L'action devient vide de satisfaction narcissique. Elle n'est qu'action, ici et maintenant. C'est une allégorie de la vie, un mandala, si on veut...

— Tu ferais un beau moine, Jack, a-t-elle lâché avec un sourire.

— Dans la prochaine vie, j'espère. Je ne suis pas prêt encore, j'en ai bien peur... Il me reste des désirs. Quelque part.

Elle m'a regardé de travers un instant, se demandant si je me foutais de sa gueule. Je me le demandais aussi, bien qu'une chose fût certaine : il me faudrait plus d'une vie pour me réincarner à Lhassa, les yeux bridés, un sourire permanent aux lèvres.

— C'est quelque chose de mauvais pour toi, le désir ?

— C'est la source de toute souffrance.

Elle s'est esclaffée. Peu de gens s'esclaffent devant de si sombres évidences.

— Je crois que tu confonds, Jack. La source de toute souffrance, c'est la vie ! Le désir... merde ! Le désir, c'est *le* mécanisme de survie. Sans désir, pas d'amibes, pas de dinosaures. Alors soit tu joues, soit tu ne joues pas, mais ton... ton antichambre, ce n'est pas une option, je trouve. Enfin, il me semble...

Les grands traités du zen n'avaient pas prévu de réponse à ça. Ou alors j'avais mal lu. Mais c'était la première fois que j'entendais quelqu'un qualifier le nirvana d'antichambre. Ça manquait de dorures.

— Le désir entraîne le manque, le manque provoque la souffrance, ce n'est quand même pas un concept neuf... ai-je raillé.

— Prends-le à l'envers, ça marche aussi : le manque entraîne le désir, le désir provoque l'action, l'action comble le manque...

— Jamais très longtemps...

— Ah... Évidemment, si tu cherches des solutions permanentes, il y a toujours la balle dans la tête, qui réduit pas mal, disons, la fréquence des crises d'angoisse.

— Hmm. Mais la satisfaction narcissique du geste est de courte durée. C'est emmerdant. Parce qu'un geste si beau, si souverain, ça se goûte...

— Overdose, alors. Ça donne le temps de voir venir...

— Trop féminin.

— Trop courageux, plutôt, non ? Les mecs se tirent dans la bouche pour éviter de changer d'idée à mi-chemin, quand il est trop tard.

— Et les filles ne veulent surtout pas tacher la moquette...

— *Cretino* ! a-t-elle lâché dans un éclat de rire.

Je n'avais jamais eu de conversation aussi amusante sur le suicide.

— Alors, c'est pour ça que tu fais des casse-têtes ? a-t-elle continué. Pour... pour t'affranchir de tes désirs, de ton narcissisme ? Ou pour éviter de te tuer ? Excuse-moi, mais je commence à perdre le fil.

— Non, je fais ça parce que ça me rappelle mon père, ai-je répondu simplement.

Elle m'a passé une main taquine dans les cheveux en riant.

— Tu vois, je te préfère comme ça, Jack : *sentimental.* Il me semble... que ça te va beaucoup mieux... Je ne connais personne comme toi, je pense, a-t-elle ajouté, hésitante.

— Tu ne manques rien, Nuna.

Ma réponse avait été instinctive, purement défensive. Nuna venait soudain de me faire mal, je n'aurais su dire pourquoi, ni comment. Désir. Portance et traînée, c'est un choix.

21

J'ai réussi à coincer Tristan après le repas du soir. Nuna était partie s'acheter du chocolat au village, une rage soudaine. J'ai appâté Tristan avec une partie d'échecs. Il allait me massacrer, je n'avais pas du tout la tête à cela. On a tous deux ouvert tranquillement le jeu, j'ai pris une pause pour faire du café, on y a mis un coup de rhum, pour la forme.

— Alors, t'écris à Louise, ai-je dit après une dizaine de coups.

Il m'a pris un cavalier, n'a rien répondu.

— T'écris à Louise ? ai-je insisté.

— Oui.

J'ai dû battre en retraite, mon fou n'étant plus couvert. Un joli ratage que cette offensive prématurée.

— C'est une bonne idée, tu penses ?

— Je ne sais pas.

— Faudrait peut-être que tu le saches.

— Faudrait... bof.

Il s'est calé dans le fauteuil de rotin, observant l'échiquier. Il avait cet air absent, symptôme d'hyperconcentration ; je n'avais aucune chance. Il ne me restait qu'à retarder le jeu, ce que j'ai entrepris de faire. J'ai roqué.

— Non, mais sérieusement, c'est quoi l'idée, Tristan ?

Il a soupiré profondément, comme si cela constituait une réponse. J'ai laissé planer. Le silence s'est lentement retourné contre lui.

— Et tu lui écris quoi, à Louise ?

La question était vache, et plutôt inutile. Il s'est penché sur l'échiquier, a déplacé sa reine.

— Échec, a-t-il lâché.

Je ne l'avais pas vu venir. Il avait prévu le roque, il m'attendait. Il faut croire que j'ai des manies et que Tristan parvient à les déceler avant moi. Je n'allais pas l'arracher au poker. Mon roi était à l'étroit et j'ai obstrué la diagonale d'un pion. Il avait visiblement hâte qu'elle finisse cette partie, ce qui par contre me conférait peut-être un avantage, un angle à travailler.

— Je trouve ça un peu nul de ta part, Tristan.

— Je trouve ça nul de ma part aussi, figure-toi.

— Pas pour Nuna, attention. Pour toi, simplement.

— Hmm. Pour Nuna un peu, aussi. Par principe.

— C'est toi qui le sais.

Il a eu un rire las, l'air de dire qu'il était bien la dernière personne à interroger sur le sujet.

— Elle me manque.

— Louise ? T'es... t'es hallucinant, Tristan. Elle te manque... tss. Qu'est-ce qu'il faut pas entendre ! Qu'est-ce qui te manque au juste, d'elle ? Vos engueulades, vos tromperies, quoi ? Merde, souviens-toi un peu de...

— Le scrabble.

— Quoi... ?

— Le scrabble. Ça me manque. Elle me bat au scrabble.

J'ai voulu dire quelque chose, mais que pouvais-je répondre à ça ? Comment raisonner un gars qui s'ennuie d'une fille qui le bat au scrabble ? C'était peine perdue, je pouvais lui faire une liste de toutes les atrocités qu'ils s'étaient mutuellement infligées, il n'aurait rien entendu. Je connaissais cette nostalgie sans antidote. Mémoire sélective.

— Je sais pas, Jack. T'as jamais eu envie de... de bâtir quelque chose... ?

Je lui aurais sauté au visage.

— À ton avis, crétin ?

— Non, okay, excuse-moi... je veux dire que... que peut-être qu'avec Louise, on ne s'est jamais vraiment arrêtés à ça, que si ça se trouve, c'est ce qui nous manquait, tu comprends, une vision plus large. Une espèce de... de solidarité.

— Vous avez eu sept ans pour devenir solidaires, Tristan. Sept ans, merde ! Tu te rends compte de ce que t'es en train de me dire ? Combien de fois elle t'a trompé... Combien de fois tu l'as trompée ? T'as compté, pour voir ?

— Et combien de fois est-ce qu'on s'est pardonné, Jack ? Ça, tu l'as compté, toi ?

J'ai renversé la tête vers l'arrière, en m'esclaffant.

— Pardonner ! ai-je tonné, les yeux au plafond. Bordel ! Tristan, t'as quel âge ? Tu crois encore au pardon, au père Noël, à la démocratie en Occident! Pardonner? Pardonner, c'est... c'est de la foutaise, c'est dire qu'on ne va pas en vouloir à l'autre, qu'on ne va pas lui en vouloir directement, qu'on... qu'on va garder cette violence pour nous, mais elle ressort, merde! On n'est pas hermétiques, Tristan! On voudrait, Dieu sait! mais... mais... non. Non! C'est un mensonge qui nous tue à petit feu. On dit qu'on pardonne, et ça veut dire qu'on va faire semblant d'oublier.

— Pardonner, c'est pardonner, Jack. Et puis crois-le ou non, il y en a parmi nous qui en sont capables. Tu crois que c'est dur de pardonner? T'es le premier qui en est capable, Jack, c'est tellement... tellement toi! C'en est presque irritant, honnêtement, on aurait le goût que tu te fâches, des fois... Mais *de se faire pardonner*, ah! Ça, c'est un défi...

Il a ruminé un instant, hésitant, et il a ajouté:

— T'aurais dû essayer.

J'ai donné un coup de pied dans l'échiquier. Les pièces se sont envolées et se sont répandues avec fracas sur le plancher de la véranda. Nuna a passé la porte au même moment. Elle m'a dévisagé. Je me suis planté devant Tristan, qui n'avait pas bougé de son fauteuil. J'écumais.

— Au moins... Au moins, sois honnête! ai-je rugi en jetant un regard vers Nuna, immobile sur le seuil.

J'ai poussé Tristan avec rage, le fauteuil a basculé et il est tombé à la renverse. J'ai craint qu'il se relève, qu'il bondisse sur moi et me brise un os dont je ne connaissais pas l'existence, mais il est resté là, affalé par terre parmi les pièces noires et blanches, un sourire triste aux lèvres, me fixant avec insistance.

— Sois... sois honnête! ai-je bredouillé de nouveau.

Je suis rentré dans la maison, suis allé à ma chambre. J'ai ramassé le plus gros de mes affaires, les ai fourrées dans mon sac de voyage. Puis je suis sorti par la porte de derrière. Nuna était appuyée contre la voiture.

— Tu vas où? m'a-t-elle demandé.

— Je ne sais pas, Nuna, laisse-moi ouvrir.

— Tu vas où?

— Surfer au Mexique, je ne sais pas. Je m'en vais. Tu te tasses, s'il te plaît!

Elle n'a pas bougé. Je l'ai regardée un long moment. J'étais essoufflé, sans raison. J'ai posé le sac par terre, j'ai empoigné Nuna par les épaules. Elle s'est raidie. Je l'ai lâchée.

— C'était quoi, ça, «sois honnête» et tout? C'est au sujet de Louise? Parce que tu sais...

— C'était rien, ai-je coupé.

— Pas très zen, ta petite scène... a-t-elle dit, esquissant un sourire qui se voulait complice.

— Pas très zen, non.

— Reste, a-t-elle dit dans un murmure.

— Pourquoi?

— Je ne sais pas encore. Reste.

J'ai sorti les clefs de la Buick pour toute réponse. Nuna m'a empoigné par la nuque, elle a attiré mon visage vers le sien. J'étais si fatigué, soudain. J'ai voulu me dégager, j'ai résisté une seconde, puis j'ai laissé tomber, gagné par une faiblesse immense, ma volonté démembrée, comme ça, tout d'un coup, par ces doigts serrés sur ma nuque, par ce regard qui me fouillait le crâne, me décryptait comme nul regard n'avait su le faire depuis longtemps, depuis si longtemps. Je ne voulais pas de cela. Nos lèvres se sont effleurées, nos fronts appuyés l'un sur l'autre. Tout en moi m'intimait de la repousser de toutes mes forces, mais toutes mes forces s'étaient évaporées. J'aurais tant voulu être intouchable en ce moment, être solide, conséquent. L'inconséquence avait sur mes lèvres un goût de miel, de fraise. Nuna m'embrassait avec une telle douceur, une douceur vénéneuse, enveloppante, toxique, paralysante. Une paix diaphane s'insinuait en moi, me tirait vers le fond, une méduse géante. J'ai sursauté, me suis dégagé, comme si ma vie en dépendait. J'ai repoussé Nuna avec violence, elle est tombée, s'est écorché un coude sur le gravier. « Excuse-moi », ai-je dit. J'ai ouvert la portière de la voiture, empoigné mon sac, puis j'ai démarré en trombe, avec ce dernier regard de Nuna buriné dans l'œil.

J'avais du mal à respirer. Et pendant que la Buick avalait les kilomètres, une idée frivole refusait de me lâcher : nous n'avions pas terminé le casse-tête des nénuphars. Ça ne se fait pas. L'existence est déjà assez désolante d'inachèvement comme elle est. Il faut finir les casse-têtes.

22

Je suis resté deux jours à l'aéroport de Bangor. J'ai acheté trois fois le même billet pour le Mexique avec correspondance à Boston, et trois fois me le suis fait rembourser à la dernière minute, non sans acquitter des frais de pénalité abrupts, à défaut d'être dissuasifs. Je commençais à leur faire peur, je crois. Tant et si bien que le service de sécurité a cru bon de m'interroger à deux reprises. Je me suis borné à leur dire que je réfléchissais, que j'en étais à un drôle de moment dans ma vie, et de s'il vous plaît me foutre la paix, que c'était déjà assez compliqué comme ça, merci. Et comme ils n'avaient rien sur mon compte — car après tout, j'achetais des billets, je consommais au casse-croûte, au stand de journaux, au bar, difficile, donc, de me taxer de flânage —, ils me donnaient congé à regret, me conseillant d'aller dormir. Ou alors, d'aller réfléchir dans un autre aéroport. Celui-ci me convenait parfaitement, mais après cinquante-trois heures debout, passées à boire du café à m'en perforer l'estomac, j'ai fini par m'endormir au milieu de la salle d'attente. Comme ils avaient à présent le prétexte qui leur manquait, les gens de la sécurité m'ont foutu à la porte, prenant soin de me reconduire à ma voiture avec mon sac et mes deux planches, que j'ai réinstallées sur le toit de la Buick. Ils m'ont exempté des frais de stationnement, touchante attention qui, en vertu de mon état de fébrilité avancé, m'a ému aux larmes. J'ai repris la route, avec l'impression d'avoir vécu les deux jours les plus parfaitement absurdes et inutiles de mon existence. Un accomplissement. J'en étais presque fier.

Un tapotement délicat sur le pare-brise m'a réveillé. Je ne me souvenais pas de m'être endormi. J'avais vaguement mémoire d'être revenu à Bar Harbor, dans la nuit, de m'être garé dans l'entrée de gravier, de n'être pas entré dans la maison, sentant que le moindre contact humain se révélerait au-dessus de mes forces, que j'éclaterais en morceaux, dussé-je tomber sur Tristan ou Nuna. Je n'ai pas ouvert les yeux, j'ai voulu glisser à nouveau dans ce rêve si convivial que je venais de quitter, dans lequel on me caressait les cheveux. Mais le tapotement s'est fait insistant et j'ai émergé à regret. Il faisait un beau soleil franc. J'ai cligné des yeux, distinguant peu à peu un visage inconnu mais souriant. Un joli visage un peu fripé, des yeux bleus délavés, des cheveux gris relevés en chignon. Je lui ai souri, d'instinct. J'ai sondé paresseusement mes souvenirs. Je n'avais jamais rencontré cette dame. Mais je voulais bien faire sa connaissance, elle avait quelque chose de très doux dans le regard. J'ai ouvert la portière, me suis hissé hors de la voiture, j'ai étiré mes bras ankylosés. La dame était plutôt grande. Elle portait une longue robe de nuit.

— Hello, ai-je dit.

— Bonjour, m'a-t-elle répondu. Café?

Tiens, du français. Elle me tendait une tasse fumante.

— Merci, oui.

J'ai bu une gorgée.

— Je vous ai reconnu, a-t-elle poursuivi, le catalogue de l'exposition, en 97. Il y avait une photo de vous. Et puis il y avait votre nom à l'agence de location.

— Pardon?

— Vous êtes Jacques Dubois, n'est-ce pas?

Elle avait un joli accent, scolaire, un peu désuet, où pointait une surprenante touche méridionale.

— Oui... C'est votre maison, alors?

— C'est ma maison. Vos amis sont partis hier, je les ai croisés. Ils ont laissé des choses pour vous, au cas où vous repasseriez.

— Ah. Très bon café, merci.

Elle a eu l'air satisfaite.

— Je m'appelle May. Vous voulez entrer? Vous n'avez pas l'air très... très *frais*... a-t-elle dit, malicieuse, fière d'avoir trouvé le mot juste dans une langue qui n'était pas la sienne.

— Je veux bien. Je ne vous dérange pas?

— Pas du tout, au contraire. Je suis seule ici. Venez dans la véranda. J'allais déjeuner. Vous déjeunerez avec moi?

— Merci, je ne déjeune pas.

— Vous devriez, c'est le repas le plus important de la journée... Venez, je vais vous faire des toasts.

Je l'ai suivie. Je me sentais en sécurité. Des toasts... okay.

23

May venait d'une vieille famille bourgeoise de Boston, ce qui expliquait ce français impeccable qu'elle parlait avec un bonheur évident ; comme en Russie tsariste, le français avait ici longtemps eu la faveur de la haute, un *must* de raffinement.

J'ai passé une longue partie de la journée à boire du café et à grignoter des toasts avec May, dans la véranda. Grillés d'un seul côté, les toasts, comme en Angleterre. Une curieuse et soudaine familiarité semblait vouloir se tisser entre nous. L'air de ne pas y toucher, May a fini par me conter sa vie, par petites touches, ressassant sans lourdeur ses souvenirs, comme on conte sa vie à un étranger, en s'entendant dire la vérité. Dix ans aux Indes, trois dans le Midi, près de Toulouse, la naissance de sa fille, puis New York, la restauration de tableaux pour le Guggenheim. La *beat generation*. Elle avait brièvement connu Kerouac avant la cirrhose ; brièvement détesté Burroughs, le junkie sublime. Déshéritée par son père — « le plus beau cadeau qu'il ait pu me faire ! » —, elle avait été mariée deux fois, avait aimé trois hommes. Elle avait enseigné l'histoire de l'art, collaboré à un essai sur l'école flamande pré-quelque chose et écrit deux chansons méconnues pour James Taylor. Une paisible fascination m'envahissait lentement.

May portait ses soixante ans avec une grâce maladroite, comme si elle refusait de s'habituer à ce corps de plus en plus fragile et cassant. « Je me suis fracturé une cheville l'an dernier : deux mois dans le plâtre, pouvez-vous croire ça ? » s'était-elle plainte, indignée. Elle regardait sans cesse ses mains, son regard pâle glissait sur les taches de vieillesse, elle poussait un petit soupir agacé. Depuis peu, les miroirs commençaient à me faire le même effet.

Elle a réussi à me faire parler de photographie, un moment. J'avais toujours eu très peu à dire sur le sujet, retenu par une curieuse inquiétude : celle qu'à trop en parler on perdait l'œil, ou du moins la frêle conviction qu'on l'avait, cet œil, ce qui revient plus ou moins au même — et ne m'importe plus beaucoup. Je lui ai raconté l'histoire de Gandhi, de cette photo qu'elle avait failli acheter deux ans plus tôt. Elle a trouvé l'épisode *délicieux*, c'est le mot qu'elle a employé. Elle m'a demandé si je faisais toujours de la photo, j'ai d'abord esquivé, laissant échapper quelques termes creux comme ressourcement, recherche, exploration. Elle n'a pas mordu.

— Bullshit, Jacques, si vous me permettez... a-t-elle tranché au milieu de mes idioties. Il n'y a que les esthètes sans talent qui parlent comme ça.

— Ouais, ai-je lâché finalement.

— Alors, vous êtes bloqué, si je comprends bien...

— Pff... oui, si on veut. Mais ça ne me dérange pas beaucoup. Vous savez, j'ai fait de la photo par accident, en quelque sorte. Je n'ai jamais... comment dire... placé beaucoup d'estime dans cela, dans la photo.

— C'est dommage. Mais c'est pratique... Vous aviez percé là où beaucoup se sont cassé la gueule, vous savez. New York, tout de même, vous connaissez la chanson... Et puis la une du *National Geographic*, vous croyez qu'ils la donnent à n'importe qui, franchement? Enfin, vous le savez. Très belle, cette photo, d'ailleurs. Très émouvante.

— Merci. Un pur hasard, cela dit. J'étais le pilote pour l'équipe de reportage, la journaliste a vu une photo au mur de mon bureau, elle a aimé... Anyway, tout est parti de là, je n'avais rien demandé. Mais merci quand même.

— De rien. Enfin... Ce n'est pas parce que c'était un hasard que vous ne l'avez pas cherché, mais bon. Il y a des hasards nécessaires. En anglais, on dit : You had it made... Vous comprenez?

— Je comprends. En français, on dit aussi : feu de paille. Je ne suis pas photographe, May. Je suis pilote.

J'ai eu une pensée coupable pour Stein, l'avocat qui avait repris en mains mes affaires à New York et se démenait comme un fou afin que l'on ne m'oublie pas. J'avais reçu une douzaine de chèques depuis, chacun accompagné d'une missive suppliante, me rappelant qu'on ne perce pas deux fois à New York. Je lui avais écrit une fois, une phrase sèche : « Arrête de souffler sur la braise, il n'y a plus de bois. » Mais le gars s'obstinait.

— Et vous pilotez encore?

— Non. Ça non plus.

— Ça fait beaucoup de... de feux de paille, non ? Beaucoup de choses que vous n'êtes plus, Jacques...

Ça m'a fait rire. Je me sentais comme une chaussette unique, qu'on lessive sans but.

— Mais je comprends, a-t-elle enchaîné, je suis un peu comme ça aussi. Par phases.

— Et vous faites quoi, maintenant ? ai-je demandé.

Elle a regardé ses mains un court instant, songeuse.

— J'écris, a-t-elle dit, enfin j'essaie... Vous devinez ce que ça peut être...

Je me suis soudain rappelé cette vision que j'avais eue, cette image si forte qui m'avait saisi lorsque j'avais vu la maison pour la première fois. Une maison d'écrivain. Des plans pour se mettre à croire en des choses. Terrifiant.

— Et vous écrivez quoi ?

— Oh, c'est strictement alimentaire, en ce moment. Vous allez rire... J'écris des... et puis non, je ne vous le dis pas.

Elle souriait en elle-même, amusée et embarrassée à la fois, son visage avait rajeuni de vingt ans.

— Allez... Vous allez finir par me le dire, de toute manière...

Elle s'est balancée un moment dans son fauteuil, toujours avec ce sourire espiègle.

— Hallmark... a-t-elle lâché enfin, dans un murmure.

— Pardon... ?

— Hallmark. J'écris des cartes de souhaits pour Hallmark, voilà.

— Vous voulez dire comme... comme « Prompt rétablissement », et ces choses-là ?

— Ces choses-là. C'est ridicule, n'est-ce pas ?

— Euh… non, sûrement pas…

— Vous pensiez qu'elles étaient écrites par des ordinateurs, ces cartes, non ? C'est ce que les gens pensent souvent, sans s'être posé la question, bien sûr…

— Je… je n'y avais jamais pensé, mais… non… C'est original.

— Vous savez, ça a l'air idiot, les souhaits, mais ça pose des contraintes très intéressantes, des contraintes d'écriture, je veux dire…

— Sûrement, oui.

— Parce que l'idée, voyez-vous, c'est de faire un peu le contraire de ce que fait la littérature. C'est très… mais, ça… ça vous intéresse ?

— Absolument.

— D'accord, alors disons que la littérature prend un élément, isole une expérience *singulière*, vous comprenez ? Bon, c'est l'opposition classique entre le particulier et l'universel, vous connaissez bien sûr la consigne… Passer par le particulier pour toucher l'universel, et cætera, c'est vieux comme le monde. D'ailleurs, c'est une leçon qu'ont trop bien apprise les jeunes romanciers, si vous voulez mon avis… Avec eux, c'est toujours moi-moi-moi, ils nous emmerdent, à la fin, avec leurs petites bohèmes pantouflardes, non… ?

— Passage obligé, peut-être…

— Peut-être, oui. Ils pourraient garder ça pour eux, enfin, quelques années du moins… Anyway, voyez-vous, la carte de souhaits doit faire le contraire. Je fais de l'antilittérature, un peu comme on fait de l'antimatière… Une carte de souhaits réussie, c'est du vide qui ressemble à du plein…

— C'est joli…

— Oui, mais ça dit exactement ce que c'est, comprenez... Et ce n'est pas facile à faire, Jacques, croyez-moi ! Sans ce... ce recours possible au particulier, c'est très difficile d'exprimer une émotion qui se veut sincère. Et c'est là le défi, notre seul outil pour arriver à quelque chose de crédible, qui sonne vrai, c'est la forme... la forme pure !

— C'est passionnant...

— Oui, car... a-t-elle commencé. Mais, mais vous vous moquez de moi, Jacques ! C'est très méchant, je suis une vieille dame !

— Non, non, pas du tout ! Je ne me moque pas, voyons ! Je suis juste très... très étonné...

— Hmm... D'accord, je vous crois... Alors la forme, oui. Donc, voilà l'obstacle : on n'a pas accès au *référent*, vous comprenez ? C'est la plus cruelle des contraintes ! Et pourtant, il n'existe pas de communication sans référent, vous en conviendrez...

— J'en conviens, ai-je dit, complètement embrouillé.

— Et il faut communiquer quelque chose, bien sûr ! On ne peut pas écrire dans une carte que, par exemple, je ne sais pas... qu'on est désolé que vous ayez contracté un cancer de la prostate, ou autre chose, peu importe, et en même temps — le paradoxe est là, suivez-moi, Jacques —, c'est exactement ce qu'il faut faire passer !

— Alors... ?

— Alors *l'archétype*, voilà la clef.

— L'archétype ?

— Oui, l'archétype... Vous voulez encore du café ?

— Quoi... ? Non, euh... oui... Mais l'archétype, pourquoi est-ce la clef ?

— Ben ! Franchement... parce que c'est en quelque

sorte un référent désubstancié, comment dire ? non spécifique, ça me paraît évident ! Pas à vous ?

J'ai éclaté de rire.

— Évident, oui... Je n'avais aucune idée de la com-
plexité de l'affaire, c'est tout...

— Toute l'idée est là : si on sent le travail, une carte de
souhaits est ratée.

— Forcément, ai-je répondu, un peu abasourdi.

Elle a versé du café frais dans nos tasses.

— Et sinon, vous vivez de quoi maintenant que vous
ne faites plus rien, si ce n'est pas trop indiscret ?... m'a-t-elle
demandé.

— Vendu une maison, enfin... la moitié... euh, sinon
je touche encore des droits sur quelques photos, quelqu'un
en achète une de temps à autre, et puis je n'ai pas un train
de vie trop ruineux... mais ça commence à s'épuiser.

— La fin d'un cycle... a-t-elle murmuré pensivement.

— Pardon ?

— Excusez-moi, je me parlais. Vous me paraissez être
à la fin d'un cycle, c'est un moment très intéressant,
Jacques, vous savez. Dangereux aussi. Vous connaissez le
Yi-king ?

— Vaguement. C'est un tarot chinois, ou quelque
chose, non ?

Elle a gloussé.

— Un tarot chinois ! Peut-être, oui, c'est une forme
d'oracle. On l'appelle le « livre des mutations ». Ça vous
dirait de le consulter ? Vous verrez, même si vous n'y accor-
dez pas foi, ça donne des résultats très intéressants.

— Pourquoi pas... Et vous y croyez, vous ?

— Je ne sais pas, ça fait plutôt partie de mes hobbies

de vieille dame, a-t-elle répondu avec un clin d'œil. Ça vaut toujours mieux que le bingo, vous ne trouvez pas?

— Ah... Il ne faut pas cracher sur le bingo, c'est très zen.

— Vous dites vraiment n'importe quoi, Jacques. Allez, je vais chercher le livre, ça va vous amuser.

Elle est allée fouiller dans sa bibliothèque. J'en ai profité pour débarrasser les restes de notre interminable déjeuner. « Votre mère vous a bien élevé », a-t-elle décrété en me voyant m'affairer. Elle s'adressait à moi un peu comme à un adolescent, mais ce n'était pas déplaisant. Je n'allais tout de même pas lui parler de mon arthrite. Nous nous sommes installés de nouveau autour de la table basse.

— Formulez une question mentalement, ou un sujet général, peu importe. Pensez à quelque chose qui vous trouble.

— Okay, ai-je dit au bout d'un moment.

Elle m'a fait jeter six fois trois pièces de monnaie, notant consciencieusement les résultats de chaque lancer par un trait plein ou brisé, selon. Elle a mordillé son stylo un moment, feuilleté son livre.

— K'ouen et Tchen... la terre et le tonnerre. Fou... a-t-elle dit.

— Fou?

— Non, pas fou dans ce sens-là... *fou*, c'est le terme chinois qui désigne l'hexagramme. C'est le signe du *retour*.

— Alors, qu'est-ce qui va m'arriver? ai-je demandé, une vague raillerie dans le ton.

— Ce n'est pas de la divination. Le Yi ne prédit pas, il conseille... et il conseille même les sceptiques.

— Pardon... Alors, qu'est-ce qu'il me conseille?

Elle a rouvert le livre et chaussé ses lunettes.

— Alors, voyons voir... « Retournez sur vos pas à la rencontre de ce qui resurgit. Votre pouvoir de réaliser le *tao* dans l'action se fonde sur ce retour. Soyez modeste et flexible tout en marquant votre différence. Utilisez votre propre connaissance de la source... »

— Et ça veut dire...?

— Ce n'est pas moi qui le sais, c'est vous, Jacques. Et puis votre second trait yin est mutable, attendez, je vais trouver ce que ça dit...

— Mutable?

— Susceptible de mutation, oui. Ça peut modifier un peu l'interprétation. Attendez... voilà. « Retournez en renonçant. Abandonnez ce que vous êtes en train de faire et revenez sur la voie. Faites preuve de désintéressement et de bienveillance. Prenez la mesure de l'humanité qui vous habite. » Voilà, c'est tout.

— C'est vague.

— Ça dépend. Ça peut être très précis, si vous vous en donnez la peine... Tenez, je vous offre le livre, j'en ai une dizaine d'autres versions. Ça pourra toujours vous distraire.

J'ai pris le livre avec une drôle de réticence. La page du vingt-quatrième hexagramme était cornée.

— Merci.

— Il n'y a pas de quoi.

L'humanité qui vous habite... J'avais déjà du mal à habiter l'humanité, je voyais mal comment on allait se débrouiller dans l'autre sens.

24

Tristan avait laissé à mon intention un sac en plastique contenant tout ce que j'avais oublié dans mon départ intempestif. Il y avait aussi une courte note.

Je rentre à Montréal. J'ai pas mal de trucs à remettre sur les rails, t'imagines. Merci pour les vacances, je t'en dois une, dès que j'aurai renfloué les coffres. Brésil? Sérieusement, fais pas trop le con. (Regarde qui parle!) Nuna ne rentre pas avec moi, elle descend vers le sud, la Floride apparemment. Elle s'est fait faxer du fric, sa famille est pleine aux as, on dirait, tu le savais, toi? Des gros propriétaires terriens, genre Dynasty. C'est fou, quand même, j'aurais pas pensé. Elle parlait de Disneyworld... va comprendre... Ça lui a fait quelque chose que tu partes comme ça. Tiens, son e-mail: nuna1977@hotmail.com. Elle n'y compte pas trop, mais tu serais gentil, je crois qu'elle a un goût pour les épaves dans ton genre. Et puis elle te fait dire que : «Dans tout système, l'énergie totale demeure constante. C'est le principe de Bernoulli.» Elle a pas voulu m'expliquer. J'ai été honnête, au fait. Et puis, Jack, arrête de t'enterrer vivant, tu veux bien ? Tu l'as payée, la facture. Ciao Bello.

Tristan

J'ai relu le mot de Tristan deux fois, puis je l'ai glissé dans ma poche. Je me suis demandé, pour la première fois à vrai dire, ce qu'avait pu provoquer ma sortie. J'ai pensé à Nuna, à ce baiser furtif qui m'avait glacé d'effroi. Son air effaré, à genoux dans le gravier, à mille lieues de son aplomb habituel, son coude éraflé qu'elle tenait au creux de sa paume. Et tout ce temps, elle connaissait le principe de Bernoulli.

May m'a fait sursauter.

— Des mauvaises nouvelles ? Vous avez l'air songeur.

— Ah... euh, non. Vous avez Internet ?

— J'en ai bien peur... Pourquoi ?

— Pour... pour écrire à quelqu'un... enfin je ne sais pas, peut-être.

J'ai réfléchi une seconde.

— Non, finalement, non...

May m'a observé de biais.

— Bon, c'est comme vous voulez. Le portable est dans ma chambre si vous changez d'idée. Vous savez comment ça fonctionne ?

— Oui, oui.

— Tant mieux, parce que je n'y comprends à peu près rien. Vous avez vraiment une drôle de tête... Un autre Yi-king, peut-être ? a-t-elle lancé à la blague.

— Surtout pas !

— Alors, vous comptez retourner à Montréal ?

— Euh... oui.

— Vous savez, vous pouvez passer la nuit. Il commence à se faire tard pour prendre la route.

— Merci, je ne voudrais pas abuser.

— Vous êtes vraiment un peu trop poli, Jacques, vous me faites me sentir vieille ! Si je vous l'offre, c'est que ça me fait plaisir, ce n'est pas par politesse. J'ai cessé d'être polie à la ménopause, pour tout vous dire... Question d'économie. Et pour être franche, je m'ennuie un peu ici, toute seule. Ma fille doit venir la semaine prochaine, mais ça me ferait très plaisir que vous restiez encore un peu. Sans compter qu'au prix auquel je loue cette maison vous avez déjà largement acquitté votre pension...

J'ai regardé le jour qui déclinait sur la baie. Une ligne de grain sur l'horizon, et, en altitude, une bande de stratus en éclaireurs ; il allait pleuvoir dans quelques heures. Mon genou le confirmait.

— Bon, d'accord. Mais vous me laissez vous inviter au restaurant.

— Je vous laisse, oui... a-t-elle fait du bout des lèvres, feignant un coquet détachement.

Pendant un instant, j'ai regretté de n'être pas né en quarante.

25

Nous aurions sans doute pu passer pour mère et fils au restaurant, si je ne m'étais évertué à singer des attentions équivoques, qui nous valurent quelques sourcils haussés. Loin de s'embarrasser de ma comédie, May, vêtue pour l'occasion d'une robe longue joliment coupée — et qui me donnait par contraste une allure de péquenaud —, se délectait des regards torves qui nous épiaient des tables avoisinantes, savourant cette trop rare délinquance. Le vin blanc faisait briller ses yeux.

Nous avons parlé de tout et de rien, mais elle m'a surtout longuement narré les histoires de cœur de sa fille. On eût dit qu'il s'agissait en vérité de ses propres élans qu'elle continuait à vivre à travers cette fuyante et sauvage Sarah. Comme si elle avait, en d'autres jours, elle-même manqué de temps ou d'audace. Et elle regardait ses mains, au dessert, un voile dans le regard. J'aurais sans hésiter abdiqué cette relative jeunesse qui était mienne pour lui rendre, quelques mois durant, ses trente ans. Et me reposer, dans cette tiède sérénité qui était la sienne, cette grande paix d'automne qui, au fond, n'était peut-être que le fruit de mes propres fantasmes. Doux fantasmes de coma du cœur, les yeux ouverts. Non, ce n'était pas elle du tout, et c'était déjà moi.

La conversation, cependant, a lentement obliqué vers moi, Tristan, Nuna, si lentement, en vérité, que je n'ai rien vu venir. J'ai été évasif au sujet de Nuna, que May avait trouvée si belle, mais je lui ai parlé de Tristan un bon moment, de ces liens curieux qui nous unissaient, nous désunissaient ; des liens que je commençais à voir comme une subtile codépendance, qui ne me semblait qu'aujourd'hui prendre racine. Tristan avait toujours été pour moi cantonné dans ce rôle de beau-frère fantasque, difficile. Par la force des choses, le regard de Monica filtrait tout ce qui le concernait. Aussi, s'il me venait à l'époque la mauvaise idée de le défendre — en supposant qu'une de ses frasques m'apparût comme légitime —, on me reléguait illico dans le camp des irresponsables qui trouvaient Tristan amusant. Il me semble parfois qu'il n'est pas d'organisation humaine plus dogmatique qu'une famille. Et pas d'agent de cohésion plus puissant que ces magnifiques moutons noirs, boucs émissaires, organes cathartiques par excellence.

— Il y a une part de vous qui l'envie un peu, n'est-ce pas, Jacques ? m'a demandé May, une pointe de malice dans la voix.

Elle m'a décontenancé. J'étais en train de lui expliquer avec un enthousiasme involontaire comment on désamorce une alarme d'auto de type Viper. Tristan avait vingt-deux ans à l'époque, un casier bien rempli, un mauvais tatouage de prison sur l'épaule. Et une préférence pour les voitures allemandes.

— Euh... je ne crois pas, enfin... Il n'a jamais vraiment été, je ne sais pas, particulièrement *heureux* là-dedans... Qu'est-ce que j'aurais à lui envier?

Elle a réfléchi un moment, à la recherche du mot juste.

— *L'impunité.* Voilà ce que vous lui enviez, Jacques.

— Hmm... Non, ça ne se tient pas. Enfin, Tristan s'est toujours fait prendre, tôt ou tard.

— Oui, mais il n'a pas arrêté d'en faire entièrement à sa tête pour autant, si je comprends bien...

— Effectivement.

— Mais c'est ça, l'impunité... Ce n'est pas d'être impuni, c'est d'être *impunissable*...

Elle avait raison. En vérité, ce que je pouvais envier à Tristan était sans doute au-dessus de mes forces, de mes moyens.

J'ai réfléchi un peu à ça, May nous a commandé des cafés. Puis elle est revenue à la charge. Elle était infatigable.

— Alors, cette Nuna, c'est la copine de Tristan, si j'ai bien saisi. Il faut m'expliquer, Jacques, vous avez été très nébuleux sur ce point, il me semble... À moins que je ne devienne gâteuse...

— Pff... Ça vous intéresse, honnêtement?

— Ça me passionne.

Je lui ai raconté toute l'histoire, depuis notre rencontre fortuite dans le café, puis sur l'autoroute, jusqu'à nos parties d'échecs, les virées nocturnes et ce coup de sandale providentiel au Swordfish. J'ai évoqué l'idylle entre elle et

Tristan, nos discussions dans l'herbe, sa franchise, sa charmante impudeur. J'ai sciemment omis de parler de ce baiser volé, contre la voiture. Je n'avais pas envie d'y repenser. J'avais eu deux jours à l'aéroport de Bangor pour en faire le tour, sans le moindre succès. Le regard de May pétillait. Mon café avait refroidi. J'en ai voulu un peu à Nuna.

— Et en plus elle est jolie... a conclu May, laissant traîner ce dernier *i* d'une voix rêveuse.

— Elle a quelque chose, je suppose.

May m'a poussé l'épaule, taquine.

— Quelque chose ! Elle est magnifique, il n'y a pas d'opinion à y avoir là-dessus... Jacques, je m'excuse mais vous êtes en plein déni !

Déni. Je déteste le langage des psychanalystes. Je constatais par ailleurs avec amusement que les femmes ont souvent la comique certitude d'être de bien meilleures juges que nous en ce qui concerne la beauté féminine. Elles se fourvoient la plupart du temps. Cela dit, May ne se trompait pas. Elle me considérait avec une certaine curiosité. J'ai demandé l'addition.

— Allez ! a-t-elle insisté. Elle vous plaît monstrueusement, avouez, Jacques...

— Je n'avoue rien du tout... Et puis elle a vingt-trois ans.

— L'âge... ? Franchement, vous pourriez trouver mieux ! Mon amant a cinquante-deux ans, je vous signale...

— Eh ben ! Ça ne m'étonne pas de vous... ai-je lâché, faussement indigné, secrètement ravi.

— Ah bon ? Et ça veut dire quoi ?

— Rien, je dis n'importe quoi...

— Damn right, que vous dites n'importe quoi, cher ami.

Ce « cher ami » m'a beaucoup plu. Je me suis penché, j'ai pris sa main dans la mienne, j'y ai déposé le plus chaste des baisers.

— Vous avez de très belles mains, ai-je dit.

— Vous êtes gentil.

— Non, je ne suis pas gentil.

Elle a éclaté de rire.

— Vous n'allez pas me faire rougir, Jacques... Vous avez la galanterie un peu rouillée, si vous me permettez... Il faudra vous ressaisir si vous comptez avoir une chance avec la petite ! Et puis si vous essayez de me refiler l'addition en douce, c'est peine perdue !

J'ai ri à mon tour, m'empressant du coup de choisir une carte de crédit compatissante dans mon portefeuille. Malgré moi — car je refusais d'y penser —, j'ai estimé qu'il me restait environ un mois d'insouciance financière en banque. Quoique, pas à ce rythme.

Nous sommes sortis du restaurant, légèrement éméchés dans la nuit fraîche. J'ai ouvert la portière de la voiture pour May, déférence et courbettes à l'appui, ce qui l'a fait rire.

— Vous êtes en état de conduire ? m'a-t-elle demandé.

— Pff... Aux commandes du Concorde, je ne me ferais pas confiance, mais la Buick, ça devrait aller...

Elle s'est glissée à l'intérieur, tout à fait rassurée. J'ai pris place à côté d'elle et j'ai démarré.

Au bout d'un moment, elle a paru inconfortable sur son siège et a retiré de sous elle une babiole qui traînait là.

— Tiens, c'était sur le siège, a-t-elle dit en me tendant l'objet.

C'était le peigne de Nuna, le genre qu'on porte dans les cheveux. Je l'ai tenu entre mes doigts un instant, puis je l'ai balancé par la vitre baissée. May a pris un air outré, pour rire. J'ai roulé encore une trentaine de mètres, jusqu'à l'intersection. À l'arrêt, j'ai hésité une seconde ou deux, puis j'ai embrayé en marche arrière. Heureusement pour mon orgueil, j'ai retrouvé le machin assez vite, dans l'herbe du bas-côté. Je l'ai glissé dans la poche de ma chemise et me suis remis au volant. Il commençait à pleuvoir. May se payait une crise de fou rire du plus vexant effet.

— C'est... c'est à ma sœur, je... je me suis rappelé après l'avoir jeté.

May en pleurait à présent de rire. Ça ne servait à rien de me débattre, elle avait tout pigé. J'ai ri avec elle. Il vaut mieux toujours être le premier à rire de soi-même, ou sinon, bon second.

26

Arrivé à Bangor, j'ai pris la 95, direction sud. Comme sans faire exprès, en faisant semblant de me tromper. J'avais fini par rester quatre jours chez May. Nous avions terminé le casse-tête, bu d'énormes quantités de café, discuté jusqu'aux heures mauves. Je lui avais enseigné certains rudiments d'échecs. J'avais préféré mettre les voiles avant que sa fille Sarah n'arrive, bien que May ait insisté pour que je reste encore un peu. Je lui avais répondu que je croyais avoir certaines choses à régler, sans préciser lesquelles, ce qui m'aurait embêté. Elle m'avait fait promettre de redonner signe de vie. Je travaillais justement là-dessus.

New Hampshire, Massachusetts, Connecticut, New York, New Jersey. J'ai toujours eu une constitution relativement fragile ; mes gueules de bois s'étirent sur trois jours, mes grippes sur deux mois. Il est toutefois une chose pour laquelle je démontre une endurance hors du commun, c'est la route. J'aurais dû me faire camionneur. Soixante litres d'essence, un café, deux sandwiches, six heures à planer sur le bitume. Ravitaillement. Pennsylvanie, Maryland, Virginie, Caroline du Nord. Dix heures du soir, un steak triste dans un Howard Johnson désert, en banlieue de Rocky Mount. Le café qui cuit depuis des lustres. La serveuse s'ennuie, pourboire impérial. Il faut laisser une trace. Caroline du Sud. Puis *Georgia*, dans la nuit, unanime et noire comme la voix aveugle de Ray. J'ai retrouvé la cassette, sous le siège, parmi les paquets de cigarettes vides. Just an old sweet song. J'ai l'esprit qui s'égare, la lucidité qui s'effrite, le vernis craque. Semblant d'euphorie, les mains soudées au volant. Le temps s'allonge, se compresse, je perds le fil, je ris pour rien, mais la Buick me fait confiance, elle sait qu'elle est sur un rail, steady as a fucking rock. Je double un *state trooper*, je ne regarde même pas l'indicateur de vitesse, je double. Pas de gyrophares dans le rétroviseur, je suis Batman. Invisible au radar. On n'arrête pas Batman. Ça ne s'est jamais vu.

Welcome to Florida, Batman. Merci bien. Jacksonville, un relais routier : la tarte aux pommes goûte le fréon, le café ne goûte *pas* la vanille française. À la télé, on montre la navette spatiale toute harnachée, illuminée, frémissante dans les vapeurs d'hydrogène, prête à décoller. La météo semble enfin favorable au lancement, prévu pour huit heures. Flash ; je regarde ma montre. Il est quatre heures et demie. Cap Canaveral : deux cent cinquante kilomètres, à vue de nez. J'ai le temps. Je règle l'addition. Je fais le plein de la batmobile et nous repartons. La nuit chaude s'étire, pâlit. Pousse des soupirs roses dans l'horizon. L'aube. J'éteins les phares, trouve mes lunettes fumées. Saloperie de soleil, assassin oblique, j'ai des éclats de verre dans l'œil. Passé Saint Augustine, l'océan est en vue, comme un immense parking de béton humide, luisant. Ça n'aide en rien mes yeux larmoyants, mais c'est beau. Je glisse Bob Marley dans le lecteur. Le Sud.

Envoyer un kilo en orbite coûte dix mille dollars. Tarif Nasa. Je ne sais plus où j'ai lu ça. J'ai deux cents dollars sur moi. Vingt grammes. Je pourrais envoyer vingt grammes dans l'espace. Un capuchon de stylo. Une belle quantité de rognures d'ongles. Ce jonc que je porte au cou, pendu à ma chaîne, entre autres reliques, l'amulette aztèque et le petit avion d'argent. Couché sur le capot de la Buick, j'écoute le compte à rebours diffusé par d'énormes haut-parleurs. Il y a beaucoup de monde, beaucoup de chaises de jardin, de glacières, de morveux hystériques. Ça semble être un événement très couru. J'ai acheté des jumelles en plastique à un vendeur ambulant cubain. Les caméras vidéo roulent déjà, dans l'attente du prochain *Challenger*. Je me demande s'ils ont imprimé des tee-shirts commémoratifs, pour l'explosion de *Challenger*. Sûrement.

À moins vingt secondes, une clameur retenue monte sourdement de la foule. On semble hésiter entre l'encouragement sportif et le chuchotement respectueux, comme si on n'arrivait pas à se décider ; à savoir : la navette est-elle un athlète, une vedette pop ou une machine sophistiquée ? Gretzky, Britney Spears, Kasparov ? Puis le ton monte, moins dix secondes, on siffle, moins cinq secondes, on hurle. Mise à feu. Britney Spears. J'imagine la chaleur, sous les réacteurs. Un million de barbecues au propane. Avec la distance, le rugissement démoniaque des moteurs met un instant à nous parvenir. Puis soudain il est là, il roule dans la foule, balaie les cris, nous frappe en pleine poitrine, comme une onde de choc. Ça nous la ferme un peu. Et moi qui croyais qu'un Boeing au décollage ça grondait plutôt fort. Je révise mes notions. C'est presque avec effroi que je la vois s'élever, cette patate hurlante. Qui est le malade mental qui a conçu cette monstruosité ? Et l'oxygène que ça doit brûler, c'est effarant. Je comprends leur tarif de livraison. Je tâte machinalement le jonc pendu à mon cou. Il doit y avoir un minimum, je ne sais pas, cent kilos peut-être. Sinon, tout le monde enverrait ses cochonneries en orbite, juste pour pouvoir regarder un ciel étoilé et se sentir moins con. La navette se met à rouler lentement sur le dos, comme une baleine franche qui fait la cour. Saison des amours dans la baie de Banderas. Monica avait sauté à l'eau en plein océan, pour nager avec les baleines. Un baleineau gros comme une fourgonnette était venu lui faire une caresse, et des bubulles dans le bikini. J'étais terrorisé, Monica riait, elle était juste belle, sans le faire exprès. La navette n'est bientôt plus qu'un point dans le ciel matinal, une lueur orangée qui scintille furieusement à l'orée de la stratosphère. Une dense traînée de fumée marque sa trajectoire, tardant à se dissiper. Prenant conscience du bouchon de circulation imminent, je me remets rapidement au volant et démarre, avec ce nœud persistant au creux du plexus solaire.

Mon vendeur de jumelles vend à présent du jus et des muffins. Je lui en achète un aux bleuets. Il a remarqué la plaque minéralogique, me demande où je vais. « Disneyworld », que je lui réponds. Je suis Batman.

27

Assis à l'ombre d'un arbre en plastique au royaume de Mickey, une barbe à papa rose à la main, j'ai eu un bref moment de lucidité. J'ai constaté que j'avais trente-six ans, que j'étais en Floride sous un arbre en plastique et que je mangeais de la barbe à papa rose. Et que j'en avais dans les cheveux. Ça n'a duré qu'un instant.

Il fallait être fou pour même penser que j'avais la moindre chance de tomber sur Nuna. Revoir Nuna n'était pas à proprement parler un *but*. C'était davantage une direction, la nuance était cruciale. Lorsque le sage montre la lune du doigt, l'idiot regarde le doigt. Je ne regardais pas le doigt. Je regardais la barbe à papa dans mes cheveux. Suivre Nuna valait bien un autre mode de navigation. L'étoile Polaire, la Croix du Sud, Nuna, ça se valait. Chacun son ciel, l'important est de chercher le vent.

J'attendais avec curiosité la fatigue, qui ne venait pas.

Sauf pour de brefs étourdissements, je tenais la forme. J'ai fait quelques manèges, question de justifier les quarante dollars que m'avait coûté l'entrée au parc d'attractions. J'ai fait les petits bateaux, la montagne enchantée, puis, présumant de mes forces, je me suis envoyé le Barracuda. J'étais pilote après tout, deux loopings et quelques vrilles n'auraient pas dû me retourner l'estomac. Erreur, justement. Le teint gris, je suis retourné m'affaler dans un des petits bateaux, refusant catégoriquement d'en sortir à la fin de chaque tour. Au troisième, l'adolescent chargé de la bonne marche du manège a pris son courage à deux mains et s'est mis à bégayer des imprécations suppliantes, ce qui est une contradiction dans les termes. Je suis descendu à regret de mon galion espagnol et suis retourné sous l'ombre factice de mon arbre en plastique, qui me paraissait à présent tanguer sérieusement. Je crois que je n'en avais pas le droit, mais j'ai fumé une cigarette. J'avais terriblement envie d'un cocktail colossal, au rhum de préférence, servi dans un ananas évidé, avec des cerises, de la fumée bleue et des parasols miniatures. Je l'ai trouvé. J'ai songé qu'on avait pensé à moi en construisant cette saleté de parc, et ça m'a ému.

Il aurait été tout à fait normal que je ne croise pas Nuna. Je m'y attendais. Mais ces choses-là arrivent. Elles n'arrivent pas dans les films, parce qu'on n'y croirait pas, mais dans la réalité, on n'a pas beaucoup le choix d'y croire, alors elles arrivent. La réalité est comme ça, elle se permet n'importe quoi. Nuna était de dos, elle portait une casquette Mickey, avec les oreilles ridicules, et flânait au milieu des familles obèses. J'ai prononcé son nom, à voix basse. Je l'ai suivie des yeux alors que la foule l'emportait lentement.

Logiquement, quand un type fait deux mille kilomètres pour voir une fille et, par une chance inouïe, la retrouve au beau milieu de Disneyworld, bien, ce type, il lui parle, à la fille. En fait, il se lève d'un bond, il court, il bouscule des enfants sur son passage (avec une joie mesquine, mais c'est un secret), il assomme Goofy qui lui barre la route, il attrape la fille par une épaule, savoure son regard médusé, l'embrasse sur la bouche comme un mufle, il l'emmène au Mexique, l'épouse et lui fait des enfants, si ce n'est pas trop demander. Trois enfants, trois enfants nus, solaires, analphabètes et heureux. Il ne la laisse pas disparaître comme ça, en la regardant s'éloigner, en murmurant son nom tout doucement, comme on fredonne un air de Trenet. Ce type-là, qui est en train de choisir des prénoms d'enfants, qui tripote un peigne au fond de sa poche, ce type-là n'est pas bien. C'est à lui que je pensais lorsque je l'ai perdue de vue.

Mais je pensais à autre chose, en même temps. Je me disais que c'était parfait comme ça. Je me sentais comme l'*Exxon Valdez*, s'il avait réussi à éviter les récifs. L'Alaska disparaissait dans la foule, avec ses oreilles de Mickey et sa faune marine si fragile, si intacte, sans la moindre idée de ce qui l'épargnait.

J'avais besoin de sommeil. Encore. Il n'y a pas d'avenir, dit le *Yi-king* ; il n'y a que le flux éternel du présent. C'est très bien qu'il n'y ait pas d'avenir et tout ça, mais il faut tout de même dormir de temps à autre si on veut que ça continue. Il y a des hasards nécessaires, avait dit May, et il y a ceux qui les flambent.

28

À la boutique de souvenirs, en sortant du parc, j'ai acheté un appareil photo jetable. Je ne sais pas ce qui m'a pris. Le modèle haut de gamme, boîtier submersible, flash, cadrage panoramique. Je n'ai fait aucune photo. Plutôt que de me remettre à chercher Nuna, j'ai repris la route vers l'océan.

Le soleil se couchait lorsque j'ai garé la Buick. Une jolie houle venait mourir sur la berge rocailleuse. Trois surfeurs prenaient une dernière vague avant de rentrer au bord. J'avais acheté de la bière froide sur la route, j'ai ouvert une bouteille et suis allé la boire sur le bord. Émergeant de l'eau, les trois types bardés de néoprène m'ont salué de la main. Je leur ai demandé s'ils attendaient du gros temps pour bientôt. Le plus grand des trois a regardé le couchant, hochant la tête pensivement.

— I guess tomorrow, yeah, a-t-il dit finalement.

Les autres se sont moqués de lui, me confiant qu'il avait vu ça sur Internet, ce qui a paru vexer le grand frisé.

— No man, I can tell by the clouds! a-t-il protesté.

— The fuck you can... a raillé un des deux autres. So you gonna be here, dude?

Dude? J'ai haussé les épaules pour toute réponse. L'eau devait encore être assez froide.

— All right, later then.

Et ils sont partis dans une vieille Jeep. J'ai fini ma bière, je suis retourné à la voiture, où je me suis endormi pour quatorze indispensables heures de sommeil. Exit, le flux éternel du présent.

29

C'était une journée magnifique. Même mon thermos de vieux café froid m'a semblé buvable. Les vagues étaient superbes, de belles grandes lames lisses, puissantes et régulières. La baie était déserte. J'ai déverrouillé les serrures du porte-bagages, pris la longue planche jaune, puis j'ai enfilé mon maillot de bain. Il ne fallait pas que j'y réfléchisse trop, je n'y serais pas allé.

Le fond était dangereux, et j'ai compris assez vite pourquoi l'endroit paraissait si peu fréquenté. Les vagues cassaient dans à peu près un mètre d'eau, sur des rochers acérés qui affleuraient. L'eau était froide, mais rien d'insupportable. J'ai franchi la barre sans problème et me suis reposé un moment, assis sur ma planche. Dans le creux de la houle, mes pieds effleuraient de temps à autre des pointes rocheuses. Ça m'a fait sourire. Les gens croient que le danger, dans le surf, est affaire de noyade, de requins ou, je ne sais pas, d'overdose d'acide. Le risque est rarement là ; il est juste sous la surface. La vraie merde, en surf, c'est cinquante centimètres d'eau et un banc de corail dans la gueule à quarante kilomètres-heure. Je connais.

Au bout d'une dizaine de minutes, une belle vague s'est amenée, deux mètres peut-être. C'est à ce moment, en regardant l'onde approcher, que je me suis rendu compte qu'il y avait longtemps que je n'avais pas fait ça. Elle me faisait peur. Une sensation nette et franche. Rien à voir avec les étranges courants qui me traversaient depuis des semaines. La peur. Un point dans l'estomac, la bouche sèche, l'envie de fuir. C'était simple et c'était bon. J'ai orienté la planche vers le bord, attendu quelques secondes, le ressac s'est mis à siffler, puis la vague m'a soulevé doucement. J'ai donné quelques brasses, pris un peu de vitesse, puis je me suis levé. Sur la pente translucide j'ai glissé, épiant les rochers qui filaient sous moi. Les ailerons ont cogné une fois, puis deux, mais la planche est restée dans l'axe. J'étais terrifié, les sens en alerte, m'attendant à tomber à tout moment, à m'empaler sur le roc. On est si peu de chose. Repérant enfin une aire assez dégagée, à quelques mètres du bord, je me suis laissé choir dans l'écume mourante. Je me suis mis à rire, en pensant aux monstres bleus du banc de Cortez, au large de San Diego, et en constatant à quel point j'avais perdu mon cran d'antan. Je vieillissais, il n'y avait aucun doute là-dessus. C'était d'un comique inexplicable. C'était rassurant aussi ; je me sentais comme un type qui ne bande plus, qui contemple l'horizon de sa vie, en songeant qu'il n'y a jamais vraiment eu de raison valable de bander de toute façon.

Je suis sorti de l'eau, toujours de belle humeur. Je me suis laissé sécher au soleil.

30

Ça devait arriver. À force de flamber du fric comme je le faisais, on finit par perdre le compte. Le compte, par contre, a un don pour retrouver ceux qui le perdent. Quand la petite dame a passé les ciseaux dans ma dernière carte de crédit, je me suis senti comme un type en cavale qui voit son portrait-robot dans le journal et qui trouve que c'est plutôt ressemblant. On se sent beaucoup moins invisible, soudain. Le bilan déboule, cristallin et sans équivoque. Le problème avec le fait de toucher le fond, c'est que la profondeur du trou perd tout mystère. Enfin. J'ai payé le plein d'essence en liquide, puis je suis allé m'asseoir sur le capot de la Buick, en retrait des pompes, lieu de méditation par excellence. J'ai étalé mes derniers dollars fripés sur le métal tiède. Cent soixante-huit.

C'était un faux problème, ce manque de liquidités. Un ou deux coups de fil, et j'aurais le loisir de m'enterrer encore de plusieurs milliers de dollars, cela ne faisait aucun doute. Est-ce que cela réglerait vraiment beaucoup de choses ? Là était la question. Un allongement de ma marge de crédit saurait-il clarifier quoi que ce soit dans mon existence ? Mon instinct premier de Nord-Américain était de répondre par l'affirmative à cette question, mais une seconde opinion me semblait bienvenue. J'ai pris le *Yi-king* dans le coffre à gants, trouvé trois pièces de monnaie dans mes poches, pour voir ce qu'il avait à dire, cet oracle moqueur. Il disait : *Tsing* — le puits. « Échec / si la cruche se brise / avant que l'eau ne soit tirée ». J'ai réfléchi un moment, en jouant distraitement avec les pièces de monnaie. Dans le vestibule de la station-service, un téléphone public m'ignorait. Cent soixante-huit dollars constituaient une belle somme, au fond. Il faisait soleil. Une brise humide soufflait de l'ouest et charriait de drôles d'odeurs terreuses, presque charnelles. Suivant une logique implacable, bien que subtile, je suis parti pour la Louisiane.

DEUXIÈME PARTIE

31

Derek m'observait continuellement. Immobile sur son tabouret près de la caisse enregistreuse, le grand Noir efflanqué passait ses journées à me regarder suer au-dessus des plaques chauffantes et me brûler les mains sur le gril et dans l'huile bouillante, ce qui lui arrachait chaque fois un grand éclat de rire. Ça ne me vexait même plus, tellement ça lui faisait plaisir. Le reste du temps, il m'observait. Il ne trouvait rien à redire, mais il se méfiait. On se méfierait à moins. Chaque soir vers les onze heures, après la fermeture, il m'offrait une bière, me payait ma journée cash et me regardait sortir, inquiet. Le lendemain, je me pointais au travail, à l'heure, et Derek paraissait sidéré pendant quelques secondes. Il ne comprenait pas ce qu'un Blanc avec un drôle d'accent pouvait trouver d'intéressant à Shell Beach et, à plus forte raison, ce qui pouvait le motiver à travailler au noir dans un casse-croûte miteux. Mais, en type flexible et ouvert d'esprit, il s'habituait.

Il ne m'avait demandé qu'une fois ce que je foutais là. La vérité était que j'avais simplement suivi la route 46 jusqu'au bout, mais je lui avais répondu que j'étais à la retraite. Il s'était esclaffé, je lui avais souri. Essoufflé par tant d'humour, il avait simplement hoché la tête et répondu : « Okay man... okay », ce qui voulait dire qu'il respectait mes raisons, quelles qu'elles fussent. Ou qu'il me considérait comme un malade mental inoffensif, ce qui revient au même. En Louisiane, en été, on fait le moins de distinctions possible. Il fait très chaud.

Ce que je foutais là, je ne le savais trop. La Louisiane avait toujours été pour moi un de ces voyages mythiques que l'on ne fait pas, de peur d'en abîmer le fantasme fuyant. Pour Monica, il y avait la savane, le Kenya. Je n'en avais rien à foutre du Kenya, personnellement. « Ben oui, des gazelles. Et après ? » Ça la vexait un peu. On ne peut pas tout partager. Moi, j'avais la Louisiane. Les écrevisses, les alligators. Le blues, la flore insolite, rampante et grimpante des bayous, le créole, le vaudou, que sais-je encore. Ce n'était rien de tout ça, et pourtant, tout ça en faisait partie. Une vibration, une impression incommunicable, comme un rêve qui ne reste cohérent que si l'on se tait à son propos. Et bien sûr, il y avait La Nouvelle-Orléans, *the Big Easy* : la grosse facile, littéralement. Et la chaleur, le taux d'humidité, le taux de criminalité, le taux d'alcoolisme, d'analphabétisme, d'assimilation des Cajuns. L'allègre désolation de cela, sur fond d'accordéon, de planche à lessive, dans les effluves de Cayenne, de curry, de sueur et d'alcool artisanal. Il y avait mille raisons de rêver de la

Louisiane, il y avait mille raisons de la détester, et ces raisons étaient les mêmes. On aime la Louisiane comme on aime un chien laid.

J'étais entré au DJ Café pour boire une bière avant de rebrousser chemin. J'envisageais de continuer vers Lafayette, en plein pays cajun, puis j'avais remarqué l'affiche dans l'entrée du restaurant. *Help Wanted.* Jusque-là, je m'étais résolu à l'idée de vendre la Buick lorsque j'aurais épuisé mes derniers dollars, puis les planches de surf, ou l'inverse, puis Dieu sait quoi d'autre, jusqu'à l'anéantissement complet de mes ressources. C'était un plan médiocre, mais il avait le mérite d'être simple. J'avais bu ma bière en songeant à quel point j'aimais cette voiture, ses humeurs, la rouille sous ses ailes. Un coup d'œil en direction du stationnement avait fini de me convaincre. Travailler. À ce point, l'idée m'avait paru lumineuse. Derek m'avait embauché au bout de cinq minutes, m'avertissant que si je me sauvais avec la caisse comme l'avait fait le dernier cuisinier en date, il me mettrait deux balles dans les genoux. La mise en garde m'avait fait sourire, il avait pris ça comme un bon signe. Le boulot était simple. On ouvrait à onze heures, on fermait quand on fermait. Six dollars l'heure, repas gratuits, sauf les crevettes. Congé le dimanche.

J'habitais une drôle de baraque près de l'eau, aux abords du village, qui devait compter trois cents habitants, à tout casser. La maison n'était qu'une grande pièce sur pilotis, que j'avais louée pour trois fois rien et un dépôt de garantie de cinquante dollars. La propriétaire semblait vouloir me faire confiance, et je soupçonnais qu'un vague sentiment chrétien y était pour quelque chose. Des toilettes, un barbecue au gaz, un filet contre les moustiques et un indispensable ventilateur constituaient le gros des commodités. Sans oublier le hamac et la vue sur ce bras de mer que l'on nomme le lac Borgne.

Derek et moi nous entendions bien. Après quelques semaines, il s'était fait à l'idée que j'allais me pointer au travail le lendemain, et nos relations s'étaient détendues. Il m'avait présenté à sa femme, Janine, et à ses deux garçons, j'avais mangé chez lui, nous étions sortis quelques fois à La Nouvelle-Orléans. Je le trouvais drôle, il me trouvait bizarre. On ne se parlait pas beaucoup. Et il ne me demandait jamais de lui expliquer d'où j'arrivais comme ça.

Malgré ce qu'il avait d'éreintant, j'aimais beaucoup mon travail, curieusement. La chaleur suffocante, le récurage des casseroles, les brûlures, l'ennui, tout cela avait quelque chose d'hypnotique. Je me concentrais sur les petits gestes, un hamburger bien fait, une marmite propre, un comptoir immaculé ; c'était la seule façon saine de procéder. C'était une belle routine, avec juste ce qu'il me fallait de latitude. J'avais ajouté au menu une omelette mexicaine, ainsi qu'une chaudrée de fruits de mer dont j'étais plutôt fier. Le coût de revient faisait rechigner le patron, mais elle se vendait bien.

Au milieu de l'été, Derek m'a invité à passer un dimanche sur son bateau, un vieux Chris Craft pétaradant aux moulures d'acajou vermoulues, baptisé le *Voodoo Chile* à la mémoire de Hendrix. À vrai dire, son cousin Maurice étant parti travailler au Texas, Derek s'était retrouvé sans compagnon de pêche. Et comme passer la journée seul dans le golfe du Mexique à boire de la bière ne lui disait rien, il s'était rabattu sur moi. Habituellement, le dimanche, je promenais la Buick dans les bayous, sur des chemins bouseux dévorés par les marécages. Je m'arrêtais n'importe où pour bouffer des mets inquiétants, et j'essayais de parler français à des vieillards gâteux, sans succès. J'étais sans doute trop à l'est pour avoir une chance. Pour tuer le temps, je consommais des appareils photo jetables. Un par jour, et trois le dimanche. Au dernier compte, j'en avais quarante-sept dans la voiture. À la petite épicerie de Shell Beach, on ne me posait même plus la question : j'arrivais à la caisse et on ajoutait à mes emplettes un paquet de Marlboro et un Fuji Quicksnap.

C'était un beau dimanche pour boire sur l'eau. Mer d'huile, soleil de plomb, bière froide. Derek pilotait avec nonchalance, coiffé d'une casquette d'amiral trop grande. Je l'appelais *skipper*, ça lui plaisait bien. À force de l'observer, je me suis mis à comprendre pourquoi ses dimanches étaient sacrés. Le dimanche, Derek était seul maître à bord. Il n'était plus un Noir de Louisiane, père de deux garçons et patron d'un snack-bar surhypothéqué employant un type louche. L'amiral Derek Chiles régnait sur ses dimanches.

À l'ombre légère d'un chapeau de paille, j'ai essayé de récupérer un peu de sommeil. Nous avions quitté le quai à six heures du matin, et, comme nous avions fermé tard la veille, une sieste s'imposait. Derek avait insisté pour que nous partions tôt, mais ses raisons me semblaient fumeuses. Je le soupçonnais de jouer au pêcheur matinal plus qu'autre chose. D'ailleurs, on a eu notre première touche de la journée vers midi, ce que je n'ai pas manqué de lui signaler. Sans se démonter, et tout en se débattant avec une jolie daurade, il m'a affirmé qu'il fallait commencer *à boire* à l'aube, pour que les poissons nous croient vulnérables, ce qui les rendait imprudents. Il a dit ça avec un tel sérieux que je m'en suis étouffé avec ma bière, qui m'a remonté dans le nez. Pour ajouter à mon asphyxie, Derek m'a tendu la fin de son joint, me garantissant qu'ainsi altérés nous étions virtuellement invisibles. *Stealth mode,* a-t-il précisé en retenant son souffle : le mode furtif. J'ai tiré une bouffée par solidarité, l'herbe ne m'ayant jamais procuré d'autres sensations qu'un vague sentiment d'incompétence doublé de paranoïa ; rien de très euphorisant.

En milieu d'après-midi, une vive secousse sur ma ligne m'a tiré de ma somnolence béate. À la façon dont ma perche se ployait, j'ai compris que j'avais affaire à une bête particulièrement combative. Derek a jeté un œil sur ma ligne, qui zébrait la surface de gauche à droite, par saccades.

— Skipjack... a-t-il décrété après un moment.

Je me suis moqué de lui un peu, mais après un long combat avec le poisson, j'ai bien dû admettre que Derek avait raison. C'était en effet un thon noir qui battait à présent l'air de sa queue sur le pont, avec une indicible surprise dans le regard. Avant de l'assommer d'un bon coup de rame, j'ai pris une photo. Derek m'a considéré d'un drôle d'air.

— Fucking paparazzi, a-t-il grincé à la blague. Tu fais ça pourquoi, pour te souvenir ?

— Je ne sais pas... Pour qu'il y ait une trace, peut-être...

— Tu crois qu'il en a quelque chose à foutre, le poisson, de laisser une trace ? Et puis quoi, tu vas envoyer la photo à sa famille ? Ils vont l'accrocher au-dessus du foyer, peut-être, hein...

Il a éclaté de rire. Je n'ai rien répondu, j'ai eu un sourire contrarié à l'idée d'avoir fait une veuve et des orphelins. Puis je suis descendu en cabine nous chercher deux autres bières. Derek m'a demandé de remonter son coffre de pêche, il voulait changer de leurre. Comme il avait bien sûr omis d'en refermer les loquets, j'ai renversé une myriade d'hameçons et d'appâts fluorescents partout dans le fond de la cale. Ça l'a fait rire, évidemment. Je l'ai traité d'imbécile et me suis mis à ramasser ce bordel. En fouillant sous une des banquettes, ma main est tombée sur un objet métallique dont j'ai cru reconnaître les arêtes. Incrédule, j'ai extirpé la chose d'un fouillis de cordages emmêlés. Assis par terre, j'ai observé longtemps le vieux Hasselblad poussiéreux. Modèle 500 el/m, édition anniversaire. Il y avait longtemps qu'il n'avait pas servi, mais il ne semblait pas avoir trop souffert. Je suis remonté sur le pont.

— C'est à toi, ça, Derek ?

Il a regardé l'appareil, intrigué.

— C'est un très bon appareil photo, ai-je expliqué. Un Hasselblad, de série 500, en fait... Un modèle assez rare, je crois. Tu ne vois pas d'où ça peut venir ?

— Ça devait être déjà dans le bateau quand je l'ai acheté, je ne vois pas autre chose...

— Et t'as payé combien, le bateau ?

— Cinq mille, pourquoi ?

J'ai souri.

— Parce qu'avec ça à bord il en vaut huit, au moins... Mais bon, pas dans cet état. Je pourrais te le remettre en ordre, si tu veux.

Derek a froncé les sourcils, sceptique.

— Ben... okay, amuse-toi, Jack... Quelqu'un paierait trois mille dollars pour ce... pour ça?

— Oh... Peut-être plus, faudrait que je vérifie. Ça dépend...

— Ça a l'air vieux... a-t-il commenté, déçu.

— C'est pas un problème, au contraire.

J'ai frotté la lentille avec ma manche de chemise. Impeccable.

— Et tu coûtes combien de l'heure, comme technicien? m'a-t-il demandé, feignant la méfiance.

— Je suis assez abordable, par les temps qui courent...

— Abordable...?

— Très.

Il a éclaté de rire. J'ai rangé le vieil appareil, et on s'est remis à la pêche. J'ai appris qu'il avait acheté le yacht à la succession d'un médecin allemand de La Nouvelle-Orléans, ce qui expliquait bien l'histoire. Pas un instant je n'ai songé qu'on devrait rendre le Hasselblad à cette famille Schaeffer, bande de rustres pressés. Le vieux médecin souriait dans sa tombe, j'en étais certain.

Comme nous rentrions vers Chandeleur Sounds, une bande de hauts-fonds à l'embouchure de la baie, le temps a subitement viré au gris. Derek paraissait soucieux, un pli inquiet lui barrait le front. J'ai remonté nos lignes et Derek a mis les gaz. Je ne comprenais pas son inquiétude, mais la météo louisianaise n'était pas exactement dans mon champ de compétence.

— Du gros temps? ai-je demandé.

Derek a fait oui, le regard perdu au large.

— C'est Felicia. Elle devrait être en train de s'essouffler

en Alabama, en ce moment. Elle a changé d'idée... Moody bitch, ain't she...

Comme on le sait, quand on prend la peine de baptiser un système dépressionnaire, c'est qu'il en vaut la peine.

— Mais on va être à quai dans, quoi, une demi-heure ?

Derek m'a regardé un moment sans comprendre, puis il a haussé les épaules.

— Je ne m'inquiète pas pour nous, Jack ! T'as déjà vu une tempête en Louisiane ?

— Je vais en voir une, si je comprends bien.

Un soupir sifflant s'est glissé entre ses dents.

32

Nous nous sommes laissés sur le quai. Une bonne brise soufflait déjà du large, en rafales. Derek m'avait invité à dîner chez lui, mais le cœur n'y était pas. C'était la première fois que je le voyais se faire un tel souci, pour quoi que ce soit. Il n'était pas exactement inquiet de nature. En prélevant de nos prises une belle paire de rougets, j'ai décliné l'offre, invoquant la fatigue. Il n'a pas insisté. J'ai même eu l'impression que je le soulageais.

— Ferme les volets ce soir, Jack, m'a-t-il lancé en guise d'au revoir.

— Je les fermerai, boss... À demain.

J'ai longé la plage tranquillement, me dirigeant vers chez moi. Sitôt rentré, j'ai mis les poissons dans l'évier, puis j'ai déballé le Hasselblad et l'ai posé sur la table de cuisine. L'envie m'a pris de m'y mettre tout de suite, mais ce n'était pas avec mon canif suisse que j'allais faire du beau travail, alors je l'ai juste astiqué grossièrement. J'irais le lendemain à La Nouvelle-Orléans acheter des tournevis de précision, du solvant, de l'huile. Peut-être de la pellicule, pourquoi pas ? Sur une plaquette d'étain terni tenue en place par deux vis minuscules, j'ai découvert le nom du médecin allemand. Il s'appelait Frank M. Schaeffer.

Il commençait à pleuvoir. Un fin crachin, tombant de biais, qui embrumait la baie. J'avais dit à Derek que j'étais fatigué, mais j'avais menti. En vérité, ce temps pourri m'électrisait, comme les poules qui sentent venir l'orage. Ou les chevaux, plutôt. Quelque chose dans l'air tenait mes sens en alerte. Le bruit du vent allait en s'accroissant, de minute en minute. J'ai trouvé du classique à la radio, un requiem lugubre, et me suis mis à nettoyer les rougets. Ma chemise me collait à la peau, et cette simple tâche m'a mis en nage. Je suis sorti sur le balcon et j'ai allumé les brûleurs du barbecue. J'ai fumé une cigarette en massant mon genou droit qui me faisait de plus en plus mal. Une houle mauvaise dansait dans la baie.

Après avoir englouti mes deux rougets à la Tabasco avec une bière, j'ai essayé de lire au lit un moment. J'avais acheté quelques revues de photographie, le *National Geographic* et un roman de Russels Banks, que je n'avais pas ouverts depuis mon arrivée à Shell Beach. Pas de sortie ce soir. La pluie martelait le toit de bardeaux, en salves violentes. J'avais fermé les volets. Je commençais à comprendre que l'inquiétude de Derek concernait bien peu la puissance des vents ; c'était toute cette pluie qui le tourmentait. Il était dix heures du soir et la Buick gisait déjà dans quinze centimètres de boue, j'étais allé vérifier. Je n'osais imaginer ce que plusieurs jours de ce temps sauraient accomplir comme dégâts, la Louisiane n'étant pas particulièrement reconnue pour la faculté de drainage de ses terres.

J'ai feuilleté les magazines un moment, incapable de me concentrer. Le vacarme de l'orage était rempli de sons insolites, de plaintes rageuses ; la maison craquait, claquait, les poutres maîtresses geignaient sous la pression. Ce concert avait quelque chose de terrifiant, et des peurs d'enfance me remontaient dans les tripes à chaque nouveau bruit. J'ai éteint la lampe de chevet, saisi d'un malaise aussi soudain qu'irrationnel : l'impression farfelue que mon îlot lumineux dans la nuit hurlante avait quelque chose de criard, de désobligeant. Envers qui ou quoi, ce n'était pas clair. Une peur de gamin qui voit en l'obscurité un refuge, et qui sait, comme tout cow-boy qui se respecte, qu'on ne dort pas à côté d'un feu de camp en territoire apache. Je tenais à mon scalp. J'ai tiré les draps par-dessus ma tête, songeant que la chambre de mes parents et leur grand lit invincible, seul véritable sanctuaire, se trouvait à huit mille kilomètres de ma cabane. Dire que le corridor me paraissait si long à l'époque. On grandit. Mais on ne grandit pas assez.

33

La pluie n'avait pas cessé, au contraire. Le toit fuyait. Je me suis rendu compte de ce détail en glissant dans une flaque qui m'attendait au milieu de l'aire de la cuisine. Dans ma chute, j'ai réussi à me fouler un pouce sur le coin de la table et à me mordre la langue au sang à l'atterrissage. Tout ça avant le premier café. J'ai mis l'eau à bouillir et j'ai enfilé un pantalon. Pour rien au monde je ne voudrais mourir sans pantalon. Un type qui crève les couilles à l'air, peu importent son courage, sa valeur et les circonstances héroïques de son trépas, ce type a l'air d'un con. C'est là une des rares lois immanentes de l'existence, car il y en a.

J'ai épongé le plancher et disposé stratégiquement quelques casseroles sous les fuites majeures, puis j'ai bu mon café soluble dans ce concert de flic flac. Le vent avait lui aussi gagné en puissance, et la baie, striée de crêtes blanches, diffusait une bruine salée qui fouettait les carreaux. Je me suis vêtu plus chaudement qu'à l'habitude et suis sorti dans la tourmente. La Buick, qui en avait jusque sous les ailes, refuserait catégoriquement de démarrer, j'en étais sûr. J'ai pris mon imperméable dans le coffre et me suis mis en marche vers le casse-croûte, de l'eau vive à mi-mollet.

Ce court trajet m'a complètement lessivé. Derek, qui était déjà là, s'affairait à essayer de sauver ce qu'il pouvait, refoulant l'eau inlassablement vers la porte d'entrée ouverte. Il y en avait au moins cinq centimètres à la grandeur du restaurant.

— Prends congé aujourd'hui, Jack, m'a-t-il lancé en me voyant rentrer.

— Je pensais que je pourrais boire un petit café bien au sec, ici...

— Au sec, non. Mais il y en a de fait, si tu veux.

Je suis allé m'en verser une tasse fumante.

— Je commence à comprendre pourquoi tu t'en faisais. C'est fou l'eau qu'il tombe...

— Ah, tu trouves ? C'est rien, ça. Attends demain. Tu voudrais éteindre les disjoncteurs des frigos du bas, dans la boîte électrique au mur, s'il te plaît ?

— Tu ne vas pas perdre la bouffe, comme ça ?

— Bof, c'est surtout de la saucisse à hot-dog. Et puis ça vaut mieux que de flamber les compresseurs. Manquerait plus que ça, un feu...

Il s'est arc-bouté un instant sur sa vadrouille dérisoire, abattu, fixant le parquet neuf qui commençait à gondoler. Je ne savais pas quoi dire.

— Regarde... On va mettre la bouffe dans le frigo des boissons, hein ? On peut foutre le coke dans la remise, et comme ça tu ne perdras rien...

Il a acquiescé distraitement, et je me suis mis à l'ouvrage. Ce n'était pas grand-chose, mais ça lui donnerait au moins l'impression qu'on se battait un peu.

Après avoir terminé cette tâche, j'ai eu une idée, pour l'eau.

— Derek, la pompe d'écopage du bateau, elle marche ?

— Hmm. Mais il y a un problème de voltage, j'y ai pensé.

— Ça se bricole... Ça doit être du douze volts, alors on branche l'affaire sur la batterie du camion. Ça devrait fournir l'ampérage qu'il faut. T'as fait le plein, au moins ?

Il a relevé la tête, sceptique.

— T'es électricien ?

— Non. Pilote de brousse. On sait tout faire... ou à tout le moins on croit qu'on sait tout faire. Au pire, on flambe la pompe. Ou ton alternateur, je ne suis pas certain...

Il a ricané.

— On serait bien avancés... Écoute, Jack, c'est gentil de ta part, tout ça, mais t'es pas obligé... De toute façon, je n'aurai pas de travail pour toi avant une bonne semaine, tu sais... Rentre chez toi, c'est pas la peine. Ça va arrêter quand ça va arrêter, c'est tout. *Act of God*, ils appellent ça dans les contrats d'assurance... D'ailleurs, c'est ça qui m'inquiète le plus, je vais te dire, le contrat d'assurance.

— C'est pas en règle ?

— Je ne sais pas, c'est ma femme qui s'occupe de ces trucs-là. Et Janine a l'air inquiète, alors c'est pas bon signe, c'est tout ce que j'en sais.

— Raison de plus pour essayer la pompe du bateau.

Il a haussé les sourcils, acculé à ma logique. Sans lui demander son avis, j'ai pris la boîte à outils dans la remise et me suis dirigé vers le quai.

C'était plus facile à dire qu'à faire. *On va prendre la pompe du bateau*, j'avais dit, moi? Crétin. À la lueur d'une lampe de poche, j'ai mis une bonne heure à couper à la scie à métaux les ancrages figés par la rouille, luttant contre le mal de mer, à quatre pattes dans la demi-cale inondée. Un dernier écrou, dans un recoin impossible, m'a contraint à utiliser la torche à acétylène, mais je suis venu à bout de l'entreprise. Heureusement, la conversion de l'engin paraissait assez simple, moyennant un peu de bricolage. J'ai fini par remonter toute cette mécanique sur le pont, où j'ai fumé une cigarette à l'abri d'un auvent qui n'en n'avait plus pour longtemps. J'ai chargé la pompe sur mon épaule et suis retourné au restaurant, peinant comme un buffle sous la mousson.

Derek a poussé un soupir de découragement en voyant la bestiole démembrée et poisseuse que j'ai laissée choir avec fracas sur le comptoir. Craignant presque qu'il ne fonde en larmes, je me suis mis à l'ouvrage immédiatement, avec un enthousiasme forcé. Je me suis d'abord attaqué à la tuyauterie, allongeant le tuyau d'entrée avec des rebuts de PVC et du ruban adhésif, ce qui m'a permis de loger la tête d'aspiration dans l'entresol, pendant que Derek bricolait un tuyau de sortie, sans cesser de m'observer, comme si je pratiquais une chirurgie sur son petit dernier. Comme j'avais été obligé de sectionner les connexions à leur base, j'ai dû éventrer la boîte d'alimentation électrique, dans laquelle j'ai fouillé un peu pour trouver les bornes. Mon imitation d'un type qui sait exactement ce qu'il fait, maniant les pinces et la clé à molette avec aplomb, a eu l'air de redonner un peu de courage à ce pauvre Derek, que j'ai envoyé démarrer le camion et connecter les câbles de survoltage qu'on avait passés par la fenêtre. La parenté entre cette machine et de la mécanique d'avion était pour le moins éloignée, et quand est venu le temps de mettre l'affaire sous tension, une prière muette a glissé sur mes lèvres. À mon grand soulagement, le petit moteur s'est mis à chanter et à expulser l'eau à gros bouillons par la porte d'entrée. Derek regardait la scène avec fascination, comme si je venais de multiplier des pains devant lui. Je me suis effondré sur une chaise, sale, suant et brûlé.

— Derek, une bière... ai-je râlé.

Il ne s'est pas fait prier.

34

Après sept heures de bons et loyaux services, la pompe s'est brusquement arrêtée. On jouait au poker depuis la tombée de la nuit et je commençais tout juste à me refaire quand la brave machine s'est éteinte dans un claquement sinistre. Derek a grincé des dents. On n'y connaissait rien mais, d'instinct, ce bruit ne nous disait rien qui vaille. J'ai abattu mes trois neuf sur la paire de rois de Derek, sans conviction. J'aurais dit quelque chose de rassurant si la radio n'avait pas annoncé à l'instant que la pluie ne faibli-rait pas avant vingt-quatre heures. Plusieurs comtés de la Louisiane avaient été déclarés zones sinistrées par Washington, mais curieusement, celui de Shell Beach ne figurait pas sur leur liste. Ils avaient mal regardé parce que, si ça ce n'était pas un sinistre, je me demandais bien com-ment ça s'appelait. Derek hochait la tête, incrédule. Sans décret présidentiel, il fallait oublier les chèques d'aide fédérale.

— On essaie de réparer ? ai-je risqué.

— Tu penses que...

— Non.

— Moi non plus.

Derek est allé couper le moteur du camion. On a repris notre partie de cartes. La pluie continuait de marteler le toit, et dans ce silence tout neuf, nous reprenions conscience de la tempête. Dehors, les rigoles fuyant vers la plage étaient devenues de véritables torrents qui charriaient une foule de rebuts. Une quinzaine de minutes se sont écoulées avant que l'eau se remette à suinter de toutes parts. Au bout d'une heure, nous en avions aux chevilles. Et je continuais de gagner aux cartes.

À un moment, Derek a jeté un œil sur sa montre. Il était onze heures.

— T'as faim ? m'a-t-il demandé.

— Je mangerais... ouais.

— Tu montes à la maison ?

— Okay. Mais on laisse les choses comme ça ?

Il a haussé les épaules. Il n'y avait rien à faire pour le moment. Il n'y avait qu'à espérer que le toit tiendrait.

Janine nous a réchauffé les restes du repas du soir, une sorte de pot-au-feu très épicé. Elle avait les traits tirés et faisait de son mieux pour me sourire, fixant sans cesse un point imaginaire dans l'air entre nous. J'ai pris congé après le repas, laissant Derek et sa femme consommer leur impuissance en paix.

35

Le toit avait tenu. Pour ma part, j'avais passé une très mauvaise nuit, me levant toutes les deux heures pour vider les casseroles qui débordaient. Pour finir, je m'étais réveillé en grelottant dans le lit trempé, au-dessus duquel une nouvelle fuite s'était déclarée. N'en pouvant plus, j'avais enfilé les cuissardes de pêcheur empruntées à Derek et j'étais sorti de ce cloaque aux premières lueurs, pour aller voir comment se portait le restaurant. La Buick, quant à elle, survivait, bien qu'elle se fût déplacée d'un bon mètre vers la mer durant la nuit. À ce rythme-là, il pouvait continuer à tomber des cordes deux jours durant, j'étais tranquille.

Donc, le toit du casse-croûte avait tenu. Les fondations, par contre, c'était une autre histoire. La bâtisse était montée sur quatre piliers d'assise faits de moellons de béton ; elle ne reposait à présent que sur trois piliers, l'érosion accélérée ayant eu raison de l'autre. Il en résultait que la construction arborait un air singulièrement décontracté. J'ai grimpé à bord du bâtiment en péril, dont la nouvelle géométrie intérieure donnait le vertige. Presque aussitôt, le gaz m'a pris à la gorge. Je me suis précipité vers la cuisine, d'où provenait un sifflement aigu. En m'arcboutant contre le mur, je suis parvenu à déplacer l'énorme cuisinière de quelques centimètres ; puis avec la pince-étau, j'ai réussi à juguler la conduite de propane qui avait dû se rompre au moment de l'affaissement. Titubant, je suis sorti à l'air libre, à deux secondes de l'évanouissement. Je me suis affalé le long d'un mur, sur la partie encore émergée de la terrasse. Au moins, ce foutu restaurant n'exploserait pas. C'était toujours ça.

Après une quinzaine de minutes, l'odeur s'étant dissipée, je suis rentré pour trouver et fermer les valves correctement. J'ai voulu me faire du café, mais l'électricité avait été coupée. Le téléphone fonctionnait toujours, alors j'ai appelé Derek chez lui pour lui exposer l'urgence de la situation, et je lui ai demandé d'apporter du café. Je commençais à être de très mauvaise humeur. Un ouragan, c'est drôle vingt-quatre heures. Après, ça devient lassant.

Derek est arrivé trois quarts d'heure plus tard en camion, avec ses deux mastodontes de beaux-frères en renfort, des pelles, des chaînes, quelques madriers et un thermos de café. Pendant un moment, j'ai regretté de m'être levé. J'ai songé que, par chez nous, quand une cabane veut vraiment se foutre à la mer, on lui souhaite bon voyage, il me semble. La Louisiane commençait à me faire chier. Derek m'a présenté les deux gars, Rupert et Antoine, qui se sont contentés de me détailler de pied en cap, avec l'air de se demander à quoi je pouvais bien servir quand venait le temps de remettre un restaurant sur pied au beau milieu d'un cyclone. Tant qu'à avoir l'air d'un touriste, j'ai pris leur photo avec un Quicksnap submersible. Ça les a sciés. Je ne me suis pas pressé, j'ai bu un café en fumant une cigarette à l'abri, mais quand il a fallu repêcher les moellons éparpillés par le courant dans la vase, en plongeant à tâtons dans cette merde torrentielle qui nous arrivait à la taille, eh bien ! j'y suis allé, et ils l'ont fermée.

Nous avons entrepris de redresser le coin de la bâtisse, centimètre par centimètre, nous aidant tant bien que mal des madriers, qui s'enfonçaient continuellement dans la boue. Il me fallait admettre que, à défaut d'avoir de l'entregent, Rupert et Antoine étaient dotés d'un tonus monstrueux, bronchant à peine sous une charge qui m'aurait brisé l'échine. À chacune des minuscules levées, Derek et moi consolidions notre pilier de fortune, qui, bien qu'assis sur une dalle de ciment, semblait caler chaque fois de manière désespérante. La charpente craquait de partout, mais tenait bon.

Il nous a fallu l'avant-midi entière pour remettre la construction de niveau, puis un autre bon moment à solidifier notre bricolage, qui ressemblait à n'importe quoi, sauf à une structure de soutènement. Ça tenait davantage de la sculpture abstraite, mais bon, ça paraissait solide ; de l'art moderne et utile, une percée. Derek a été le premier à risquer un pied à l'intérieur, pour aller chercher quelques bières froides. Rupert, Antoine et moi retenions notre souffle. Derek est réapparu dans l'embrasure, un sourire émacié aux lèvres. Il a tapé du talon.

— Ça tient bon... a-t-il murmuré, ému, Ça tient !

Dans un élan d'enthousiasme inquiétant, il y est allé de quelques pas de claquettes sur le seuil de la porte, à la Gregory Hines, en chantant que « ça tenait bon ! ». Et effectivement, cette horrible béquille que nous avions bâtie nous semblait de plus en plus fiable. On commençait tous à respirer lorsque, soudain, l'autre coin de la bâtisse a cédé dans un craquement assourdissant. Une bouteille de bière a explosé sur le plancher, Derek s'est accroché au chambranle, les yeux exorbités, un peu à la Gregory Hines encore, mais autrement. Après un moment de silence durant lequel nous avons tous constaté que le restaurant portait maintenant à gauche, Rupert a éclaté d'un rire gargantuesque.

— Go on and dive for them bricks, Jacky-boy ! m'a-t-il ordonné à la blague, ce qui a fait rire tout le monde, d'épuisement surtout.

Puis notre fameuse béquille a cédé, sous la nouvelle inclinaison de l'ensemble. Ça n'avait plus rien de drôle. À l'intérieur, le frigo Coca-Cola, imitant le reste du mobilier, a amorcé une belle glissade à travers la salle à manger et, dans son plongeon par la porte d'entrée, a manqué Derek d'un cheveu. Puis toute la structure, les murs, le plancher, le plafond, le comptoir, toutes les poutres maîtresses et les solives, tout ça s'est mis à se tordre, à fendre et à éclater, pendant que le toit écartelé s'enfonçait dans un grondement absolument démoralisant.

Le cataclysme n'a duré que quelques secondes, mais c'est tout ce que ça prenait. Le restaurant avait à présent une allure plutôt cocasse, mais on ne riait plus, personne. Il y avait une belle photo à faire, que je n'ai pas prise. À côté de moi, un type sans assurances pleurait. Ça me faisait quelque chose. C'est tout ce qui me passait par la tête, à ce moment. *Ça me fait quelque chose*, me répétais-je, mais j'étais incapable de nommer ce que c'était. Je n'ai rien dit. Je suis rentré chez moi comme un con.

36

Assis sur la galerie, de la boue dans les cheveux et les oreilles, j'ai pleuré, comme si tout cela me concernait. J'ai pleuré comme un égoïste. Comme si ces éclats de bois dans les remous sales, ce verre brisé, ces poutres éclatées, à la dérive, comme si ces choses étaient mes organes, mes membres. J'ai pleuré comme un type sans assurances. J'ai pleuré comme un petit restaurant tout démoli qui pleure. J'ai pleuré comme un imbécile, comme un avion bleu, comme une fille à l'hopital, des tubes partout, plus rien dans son ventre, j'ai pleuré comme le gars qui tient la main de la fille, qui ne pleure pas, qui ne doit pas pleurer, lui, le con, parce qu'il a des convictions connes sur un tas de conneries, sur ce que c'est qu'être un homme, tiens, par exemple, hein, pauvre con ; j'ai pleuré comme une robe d'été jaune, blanc et bleu, qui pleure rouge, le long d'une cuisse, en descendant d'un avion bleu brisé, désolé, une longue larme rouge, le long d'une cuisse dorée ; une fille qui rit, heureuse d'être en vie, une fille qui va pleurer, qui ne sait pas, qui sort d'une carlingue tordue avec une petite crampe, devant un con de pilote, pas papa du tout, non, qui l'aide à descendre du cockpit, qui essaie de regarder ailleurs, d'oublier qu'il a vu la larme rouge, qui espère que c'est dans l'œil qu'il saigne, lui, pas elle, de grâce, non, ce serait un bon moment pour mourir, là, au pied des épinettes noires, histoire de payer l'addition, cash, tout de suite. Je voudrais payer, s'il vous plaît.

Après le choc, mon premier regard a été pour Monica. Elle regardait droit devant, sonnée mais consciente. J'ai pris sa main dans la mienne, elle m'a considéré un moment sans comprendre, puis elle m'a souri. J'ai respiré. J'ai sorti de ses gonds la portière tordue, fait le tour de l'avion, remarqué au passage l'aile arrachée, le train d'atterrissage déformé, je n'en avais rien à foutre. Ouvert la portière du passager, défait la boucle de la ceinture, Monica me regardait, elle a poussé un petit rire. « Tes lunettes, Jacques… » Un des verres avait foutu le camp, ma joue avait cogné quelque chose, ça devait me faire une drôle de tête, un œil-miroir, un œil poché, ma vue se brouillait, j'ai souri. J'ai mis mes mains sous ses aisselles, elle s'est glissée hors de son siège, a posé un pied tremblotant sur le marchepied. Et le long de sa cuisse si douce, une larme bourgogne glissait vers la cheville. C'était beau. Juste avant de comprendre, j'ai fait une photo, dans mon œil, cadrage, ouverture du diaphragme, temps d'exposition un soixantième, foyer, la photo était parfaite. Dégueulasse. Je ne prendrais plus jamais de photo, j'ai juré cela, mais ça n'avait aucun poids, aucune importance, un serment vide, pourquoi dit-on des choses si triviales dans la vie, je ne sais pas, l'air s'est échappé de ma poitrine, je me suis senti comme un sous-marin qui implose. L'âme vaporisée, je suis resté debout, solide et inutile, fort comme une statue de sel, j'ai déposé Monica doucement dans l'herbe. Ses genoux ont lâché, je l'ai soutenue. « J'ai mal au ventre... » a-t-elle murmuré, étonnée. J'ai dit « Oui ». J'ai entendu le vieux Ford derrière nous, Raymond accourant, le souffle court, « Veux-tu ben m'dire! Qu'est-ce que t'as fait là? Ça va, au moins? » « Non, ai-je répondu, ça ne va pas. »

Il a soulevé Monica sans effort, elle paraissait si légère, un renard blessé, je ne sais pas, je suis resté planté là quelques secondes encore, plus solide et inutile que jamais. Il l'a portée jusqu'au camion, nous sommes partis en trombe. Tout le long du trajet, j'ai serré les mâchoires. Ma chemise, roulée en boule entre les cuisses de Monica, changeait de couleur, dramatiquement. Elle ne disait rien. Je serrais les mâchoires, faisant sauter mes plombages, j'aurais voulu souder mes molaires ensemble, ne plus jamais proférer un mot.

« Présence d'impuretés dans le carburant. » C'était le verdict du Bureau de la sécurité des transports, trois semaines plus tard. Noir sur blanc, ça paraît plutôt inoffensif. Les impuretés en question étaient des particules de métal rouillé, provenant du réservoir. Ce même réservoir dont j'avais retardé le remplacement, en me disant qu'il en avait encore pour une saison, sans danger; ce réservoir que je n'avais pas remplacé, en fait, parce que la nouvelle peinture bleue venait de me coûter un joli montant. Au début de l'été, en revenant de l'école, Monica avait jeté un œil sur le devis. « Tu ne devrais pas plutôt changer le réservoir, Jacques ? » « Ça peut attendre », avais-je répondu.

37

Il avait cessé de pleuvoir. C'est la première chose qui m'a traversé l'esprit quand j'ai ouvert l'œil. Un drap humide noué autour de la taille, je suis sorti sur la galerie. Mes yeux rougis ont mis un moment à s'accoutumer à ce ciel bleu tout neuf, bleu comme l'éclat d'une torche de soudeur. Il soufflait une brise tiède, caressante. J'ai rouvert les volets, enfilé un pantalon et j'ai pris l'avant-midi de congé à soigner mes courbatures dans le hamac. D'ailleurs, je doutais fort de pouvoir être utile à Derek aujourd'hui. Il avait davantage besoin de trente mille dollars et d'un bulldozer que d'un cuisinier.

Vers midi, je me suis habillé et j'ai entrepris de sortir la voiture de son bourbier, avant qu'elle ne se retrouve cimentée dans la vase qui séchait rapidement au soleil. Par bonheur, je traînais dans le coffre tout ce qu'il me fallait pour me sortir de la neige. J'ai pris une vingtaine de minutes pour remettre la Buick sur le bitume. Elle était intacte à tous égards, mais elle puait le chien mouillé à en vomir, l'eau s'étant infiltrée à l'intérieur. Calé dans le siège gorgé d'eau, je suis monté à La Nouvelle-Orléans. À y réfléchir, j'ai songé qu'elle sentait plutôt le chien qui aurait passé une journée immergé dans un casier à homards. Pauvre chien.

J'ai passé le reste de la journée en ville, à flâner autour des marchés de Saint James Street, m'arrêtant pour faire de banals portraits de vieux bluesmans décatis et souriants et quelques autres portraits de touristes japonais photographiant de vieux bluesmans décatis qui se demandaient ce que je faisais au juste. Ils ne souriaient plus, d'ailleurs. Tant que personne ne remarque les barreaux, un zoo n'est pas vraiment un zoo. J'ai fait trois boutiques de photographie avant de dénicher de la pellicule deux et quart pour le Hasselblad. C'était évidemment du matériel coûteux, mais en faisant remarquer au gérant que les dates d'expiration du film approchaient et qu'il allait bien vite se retrouver avec du stock périmé et invendable sur les bras, je m'en suis tiré à bon compte. Je n'y tenais pas à ce point, mais à cinquante pour cent d'escompte, j'aurais été idiot de ne pas acheter quelques bobines. J'ai aussi acheté les quelques outils et produits chimiques dont j'allais avoir besoin. Il y avait un superbe ensemble de tournevis de précision qui me tentait, mais à cause de ma situation financière, c'était déraisonnable. Je l'ai remis sur son étalage, à regret. À tout hasard, j'ai demandé au gars s'il connaissait un acheteur potentiel pour l'appareil. Il a gratté un moment sa petite barbe de gérant.

— Pas impossible... Modèle ?

— 500 el/m, édition anniversaire.

— Et la lentille, elle est potable ?

— Une Carl Zeiss... impeccable.

Je m'avançais un peu, mais c'était pour voir.

— Et euh... combien vous demandez ?

— Quatre mille huit... ai-je risqué.

Son visage s'est éclairé. Apparemment, j'avais visé un peu bas.

— Et votre téléphone, c'est quoi ? m'a-t-il demandé en dégainant son stylo.

— J'ai pas le téléphone, mais j'ai votre carte... Je vous redonne des nouvelles.

Comme je passais la porte, il a surgi de derrière son comptoir et est venu glisser l'ensemble de tournevis dans mon sac d'emplettes.

— Vous me donnez des nouvelles *à moi*, bien sûr... Je m'appelle Pete, Pete Richard. Vous voulez que je vous l'écrive ?

— Non, Pete Richard, je vais me souvenir. Je vous en donne des nouvelles, à vous, garanti. C'est très aimable, Pete, merci...

Je suis sorti en me disant que j'avais vraiment un don pour contracter des dettes morales, c'en était stupéfiant.

38

Derek aussi avait pris congé. Exception faite du réfrigérateur Coca-Cola que l'on avait hissé à l'intérieur, rien n'avait bougé au restaurant, qui gisait en ruine dans la boue. Le déluge avait cessé, mais la colombe au rameau se faisait attendre. Je suis monté chez Derek et Janine, par devoir plus qu'autre chose. Je leur avais peut-être gagné quatre mille huit cents dollars dans la journée, c'était tout de même une nouvelle qui méritait une petite bière.

Derek avait une sale gueule. Il empestait le Jim Beam, qui est selon moi la pire atrocité qu'un humain puisse ingurgiter, à part le diesel, et encore. J'ai goûté aux deux.

— Qu'est-ce que tu veux... a-t-il baragouiné, la bouche molle, en m'ouvrant la porte.

— Ben, je voulais une bière, mais tu viens de me faire passer l'envie.

Il s'est éloigné d'un pas, m'ouvrant le passage.

— Prends une bière, Jack... Prends toute la *fucking* bière que tu veux, Jack...

Il est allé se rasseoir dans le fauteuil du salon, comme s'il avait déjà oublié que j'étais là. Je suis allé à la cuisine. Janine n'a pas levé les yeux. Elle paraissait totalement absorbée dans une pile de paperasse qui s'étalait devant elle.

— Je me prends une bière, Janine, okay?... Et j'ai une nouvelle pas trop déprimante pour toi...

Elle a haussé un sourcil, sceptique.

— Ça a intérêt à être bon...

— Tu sais l'appareil photo qu'on a trouvé sur le bateau, Derek te l'a dit, l'autre soir... Eh bien, j'arrive de la ville, et ça ne vaut pas exactement trois mille dollars...

— J'aurais pu te le dire que ça ne valait pas trois mille, Jack... Une vieille cochonnerie pareille ! a-t-elle lâché d'une voix à la frontière de l'irritation.

— Presque cinq, plutôt...

J'ai décapsulé ma bière, plutôt content de mon effet. Elle a daigné me regarder.

— Tu me passes une bière, s'il te plaît.

Je lui ai tendu une bouteille.

— Bon, eh bien ! c'est super... a-t-elle continué, On est plus dans la merde que d'environ, voyons voir, trente-sept mille... Santé !

— Les assurances ?

— Assurances, mon cul ! C'est... c'est comme dire que la mafia fait dans la protection... *Bullshit.*

— Mais... C'est quoi exactement l'histoire ?

— Tu veux vraiment savoir ? a-t-elle soupiré.

— Ben... Ouais.

Elle a versé sa bière dans un verre, puis s'est massé les tempes un long moment.

— C'est à cause des rénovations, en fait, celles que Derek a faites dans les deux dernières années... J'ai parlé au gars des assurances aujourd'hui et j'ai appris — bon, d'accord, je m'en doutais un peu —, j'ai appris que les travaux faisaient passer le restaurant dans une autre catégorie de bâtiment, okay?

— Bon, alors vous perdez quoi, l'indemnité des rénovations? C'est pas la fin du...

— Non, non, tu vois, c'est là l'astuce... Les travaux rendent la police nulle, parce que les informations sont erronées. C'est comme un faux témoignage, ou quelque chose du genre, tu comprends? Ça annule toute l'affaire, comme s'il n'y avait jamais eu de contrat... C'est dans la loi, qu'est-ce que tu veux qu'on y fasse... Et puis avec les tonnes de réclamations qu'ils vont avoir à payer avec cette merde de tempête, ben, ils essaient de limiter les frais...

— Mais c'est rien du tout, Janine! Ça ne tiendrait jamais en cour! N'importe quel juge verrait ça...

Elle m'a regardé avec une drôle de tendresse, comme si j'avais des culottes courtes et un ballon.

— Et il est où ton juge, Jack?... Que je l'embrasse... Ça nous coûterait combien, à ton avis, avant d'arriver devant un juge, hein?

— Euh... Cinq mille?

Elle a souri, le regard vague.

— C'est peut-être ce que ça coûte en Pologne, ou quelque chose, mais ici, avec cinq mille dollars, t'as pas beaucoup plus que deux mises en demeure et de la monnaie pour le téléphone... Et de toute façon, ils ont une armée d'avocats salariés... ils savent très bien qu'on n'a pas le temps et les reins pour se battre avec eux... Et nous aussi, on le sait. On avale et on repart, Jack. Mais t'es gentil quand même.

— God bless America, ai-je grogné.

Elle a ricané. Mais elle y croyait encore. Ils sont fous, ces Romains, comme disait l'autre obèse.

39

On a passé la semaine qui a suivi à sauver ce que l'on pouvait du restaurant. Des meubles, des appareils, du bois, surtout. Derek tentait chaque jour de me chasser de ce chantier désolant, me rappelant qu'il ne pouvait pas me payer. Mais comme je ne m'en allais toujours pas, il insistait pour me donner de la bouffe, qui se serait perdue de toute manière. Je commençais à détester les saucisses à hot-dog.

Le soir, je travaillais sur le Hasselblad avec une patience d'horloger. Je l'avais d'abord entièrement démonté. J'avais nettoyé, astiqué et huilé chaque pièce, selon le cas. En vérité, je me compliquais inutilement la tâche, m'entêtant par-dessus tout à percer les mystères de l'objet. Au bout de six longues soirées passées à comprendre l'ingéniosité de ses mécanismes, à redonner aux plus infimes composantes leur précision d'antan, ou simplement à regarder tremper dans des solutions acides de petites pièces de métal, j'avais l'impression que j'aurais pu remonter l'appareil les yeux bandés. Lorsque je l'ai finalement réassemblé, je n'avais plus du tout envie de m'en séparer. Je me suis retenu pour ne pas le charger de pellicule, cependant. C'était d'ailleurs une idée idiote au départ, d'en avoir acheté. Cela nous aurait été fatal, à lui comme à moi. Comme la soirée était encore jeune, j'ai plutôt décidé d'aller présenter le bébé à Derek.

Je commençais à m'inquiéter pour Derek. Au cours de cette dernière semaine, le désœuvrement de mon ancien patron s'était mué en une sourde colère qui le rongeait de l'intérieur. Par bonheur, il supportait très mal l'alcool et s'en était tenu à une seule et monstrueuse cuite. Mais la colère ne lui allait pas, elle ne lui venait pas naturellement, et c'était cela qui m'inquiétait. On ne fait pas fonctionner une tondeuse à gazon avec du jet-fuel. Pas longtemps, en tout cas.

Janine s'était mise à travailler dans un bar de La Nouvelle-Orléans, où son frère Antoine était portier. Elle s'était fait suivre un soir jusqu'à Shell Beach par une paire d'imbéciles défoncés aux métamphétamines et Derek, sorti en caleçon sur le porche, avait dû leur montrer son revolver. Il ne dormait plus beaucoup, Derek. Les deux garçons demeuraient chez leur sorcière de grand-mère Charlotte durant la journée ou venaient nous aider dans les travaux. Je les trouvais bien inquiets pour leur âge. Ils avaient hâte que les classes reprennent. Et eux aussi, ils en avaient soupé des hot-dogs.

Derek venait de mettre les enfants au lit. Il m'a offert une bière et a éteint la télévision. Sans cérémonie, je lui ai dévoilé le Hasselblad rutilant. Il l'a pris dans ses mains avec précaution et l'a examiné sous toutes ses coutures. Il n'aurait jamais fait la différence entre un oculaire, un obturateur et un diaphragme, mais l'intérêt qu'il feignait en ce moment était d'une généreuse délicatesse.

— Tu es sûr que c'est le même ? a-t-il plaisanté.

J'ai souri.

— Tu ferais mieux de me l'enlever, Derek, je commence à m'attacher, je te préviens...

Il a failli dire quelque chose, s'est mordu la lèvre.

— Tu... tu crois avoir un acheteur ? m'a-t-il demandé enfin.

— Je crois bien, oui. Tiens, c'est la carte de la boutique. Le gars s'appelle Pete Richard, au cas où tu voudrais y aller toi-même...

Il a pris la carte, puis il a hoché la tête un long moment, le regard vague.

— Ça devrait parer au plus pressé, en tout cas, a-t-il conclu. Et... euh, à ton avis, ça valait combien, tu penses, avant que tu le... enfin, avant que tu lui fasses ça ?

— Pff... J'ai pas fait de miracle, tu sais...

— Alors, on pourrait dire la moitié ?

— Quoi, la moitié ?

— Ben, cinquante-cinquante...

J'ai soudain compris ce qu'il essayait de me dire avec embarras.

— Derek ! Ben, voyons ! Et si je lave ton camion, tu vas m'en donner la moitié ? T'es con, ou quoi ? T'as beaucoup plus besoin de cet argent que moi... alors on dira que tu m'en dois une, okay ?

J'ai déposé l'appareil sur le dessus de la télé, signifiant

clairement à Derek que je ne repartirais pas avec. Il m'a mis une main sur l'épaule en souriant.

— C'est la première fois que je rencontre un communiste, a-t-il dit. C'est moins laid que je croyais…

Il a poussé son grand rire moqueur. Ça m'a fait du bien. Il y avait une semaine que je ne l'avais pas entendu.

— Mais, a-t-il poursuivi en reprenant son souffle, il n'en est absolument pas question, Jack. Soit tu prends la moitié du fric, soit je remets ce… ce truc dans la cale du bateau et je l'oublie là…

— T'es con, Derek… C'est pas le temps de te faire un point d'honneur avec des détails comme ça. Et puis Janine t'en voudrait de cracher sur deux mille cinq…

Il a paru se fâcher.

— Hé! Ho! T'insultes ma bonne femme, maintenant? Je te signale qu'il a fallu que je la convainque qu'on avait besoin d'argent… Et ça n'a pas été facile, alors t'en rajoutes pas, s'il te plaît! Et puis l'honneur, c'est pas un détail, my friend, c'est la seule chose qui tienne encore debout après la tempête…

— Ah bon… Et t'en as d'autres, des comme ça, sur l'honneur? ai-je raillé gentiment.

— Ouais, check it out : L'honneur, c'est le plus grand cadeau qu'un homme puisse se faire à lui-même…

Il y a eu un silence. C'était plutôt bien trouvé.

— Bon, okay… J'ai pris ça dans un film, a-t-il fini par avouer.

— Et c'était un samouraï débile qui disait ça, avant de se suicider?

— Non… Un grand Blanc écossais, je pense…

— Et il avait un restaurant en ruine, lui?

— Non. Mais il était monté comme un âne, à ce qu'il paraît.

Je me suis demandé ce que je pouvais répondre à une absurdité pareille. D'ailleurs, il ne m'aurait pas écouté, il était plié en deux, pris d'un fou rire aussi incongru que contagieux. Tout de même, ça faisait du bien de le reconnaître. Et puis je venais d'avoir une idée.

40

Comme il n'était pas question que j'accepte quelque
rétribution que ce soit pour le Hasselblad, je me suis tranquillement préparé à partir. Je n'avais plus de travail, et il
me restait à peine assez d'argent pour l'essence et quelques
sandwiches, mais je ne m'inquiétais pas. Je ne retournais
pas à Montréal. J'allais à New York. À la mi-juillet, il fait
vraiment trop chaud en Louisiane. Les gens sont fous et les
moustiques, gras comme des frelons.

Le matin précédant mon départ, Janine est venue me
voir chez moi. Je finissais de réparer les dégâts causés par
Felicia à la toiture, en échange de la dernière semaine de
loyer, dont je n'aurais pu confortablement m'acquitter.
Ayant l'impression de faire une bonne affaire, ma propriétaire, une vieille dame nommée Edna, m'avait fourni
l'échelle, les outils et une caisse de bière en prime. J'étais
occupé à cuire au soleil, des clous entre les dents, quand

Janine s'est annoncée. Je suis descendu de mon perchoir et suis allé nous chercher deux bières dans la glacière. Nous nous sommes assis dans l'escalier. Janine paraissait embarrassée. Je faisais de mon mieux pour ne pas remarquer son malaise.

— C'est toi, hein, Jack?

Elle regardait une barque de pêche sur le lac Borgne.

— Moi quoi? ai-je fait.

— Tu me prends pour une idiote...

— Qu'est-ce que tu racontes?

Elle essayait de me piéger, de me faire admettre je ne sais quoi. Elle a hoché la tête en ricanant, m'a envoyé un petit jab gentil dans les côtes.

— Come on, Jack... Dis-moi comment t'as fait ton compte...

Je lui ai servi mon air le plus innocent, les yeux dans les yeux.

— Tu vas me faire pédaler longtemps comme ça? s'est-elle exclamée.

— C'est toi qui joues avec moi, Jan... J'ai aucune idée de ce que tu veux me faire dire, vraiment...

Elle m'a dévisagé longuement, plissant les yeux. Je n'ai pas bronché. Elle a fini par abandonner, toujours méfiante.

— Okay, écoute ça : le gars des assurances m'a téléphoné, et... accroche-toi... et il veut régler hors cour...! Tu te rends compte?

— Non...!

— Pas croyable, ouais... Mais, Jack, je ne lui ai jamais rien envoyé, moi! Alors pourquoi il voudrait *régler*, ça ne tient pas debout!

J'ai haussé les épaules.

— Et attends, c'est même pas tout ! a-t-elle enchaîné. Il m'a parlé de... de *pertes de revenu*, qui étaient apparemment couvertes, mais... il n'y a rien de ça dans le contrat ! Tu crois qu'ils se sont trompés ?

— Possible...

— Non, non... Ces gens-là ne se trompent pas... J'ai l'impression que c'est un poisson d'avril, tout ça...

J'ai bu une gorgée de ma bière. De la bière fraîche, un peu de justice, du soleil ; c'était une belle journée.

— *Take the money and run*, ai-je murmuré.

— Oui, mais non... Ça me rend folle ! Et en plus... il était *poli*, ce crétin, au bout du fil, il s'excusait du malentendu ! Il a dit « malentendu » ! L'autre jour, il m'a raccroché au nez...

— Mais Janine, on s'en fout un peu, non ? C'est parfait, point à la ligne ! Peut-être que le gars a redécouvert sa foi chrétienne en fin de semaine, je ne sais pas... *Praise the Lord !* Prends le chèque et ne pose pas de question... Et puis c'est pas comme si quelqu'un avait laissé une valise bourrée de fric sous le siège de ta voiture, ou quelque chose... C'est quand même seulement de l'argent auquel vous avez droit... Prends le chèque. Il y a quelqu'un là-haut qui vous aime.

— Quelqu'un là-haut... Il aurait vraiment autre chose à faire, à mon avis... Il faudrait qu'il commence par l'Afrique... Mais ce qui me dérange, c'est que si j'essaie de savoir le fond de l'affaire, ça risque de me sauter au visage, tu comprends ? Si c'est une erreur, ou quelque chose...

— Raison de plus pour ne pas faire de vagues !

Elle a acquiescé à regret.

— J'aimerais comprendre, c'est tout.

— Le fermier avec sa poule aux œufs d'or, lui aussi il voulait comprendre. Il ne faut pas tuer la poule... Allez, santé...

— Santé, ouais... a-t-elle répondu. Et puis bon, excuse-moi de t'avoir cuisiné comme ça. C'est juste que... je ne sais pas, je ne voyais pas d'autre explication. Mais ça ne tient pas debout, je ne vois pas comment quiconque aurait pu intervenir comme ça... En tout cas, sûrement pas notre cuisinier, sans vouloir te vexer !...

— Assez improbable, en effet... Mais bon, c'est plutôt flatteur de ta part... Ridicule, mais flatteur.

On dit que lorsqu'on a éliminé toutes les solutions impossibles à un problème, celle qui reste, aussi improbable soit-elle, est nécessairement la bonne. Dans ce cas particulier, la solution s'appelait Joel Stein, grand amateur de photographie et avocat à New York, de la firme Stein and Young. Et quand Joel Stein, qui faisait régulièrement cracher des fortunes aux multinationales de ce monde, quand Joel Stein envoyait un fax à un petit assureur de Louisiane, eh bien, un type dans un bureau changeait de couleur et se pissait dessus, après quoi il changeait de pantalon, prenait le téléphone et devenait très poli.

41

On a tous mangé ensemble ce soir-là chez Derek et Janine, histoire de fêter la résurrection prochaine du DJ Café. La grande famille y était, dont le cousin Maurice, revenu expressément de Corpus Christi, au Texas, à douze heures d'avis. Janine avait préparé une jambalaya infernale, qui m'a fait suer à grosses gouttes, au grand plaisir de tout le monde. Je n'ai jamais compris ce qu'il y avait de comique à voir quelqu'un agoniser avec un morceau de piment en travers de la gorge, mais il faut croire que c'est un de ces gags universels qui transcendent les époques et les cultures. Je fais un malheur chaque fois. Il faut dire que je suis un peu con, aussi. Il suffit qu'on me dise que celui-là, le petit vert, est vraiment très fort, pour que je croque dedans. C'est irrésistible. Comme certaines histoires de cul.

Des dix-huit convives, il en est resté une dizaine pour monter chez l'oncle Lafayette — c'était son prénom —, qui distillait un *moonshine* redoutable. Au dire d'Antoine, je ne pouvais pas quitter la Louisiane avant d'y avoir goûté, c'eût été *péché*. Grand-mère Charlotte a levé les yeux au ciel et a déclaré que ce poison allait nous rendre fous, et qu'on n'avait qu'à en faire à notre tête, elle nous aurait prévenus. Dans le même souffle, elle a sommé Antoine de lui en ramener une petite bouteille, pour polir l'argenterie, a-t-elle précisé, grossier mensonge qui n'a fait rire que moi. Elle m'a envoyé un clin d'œil, l'index posé sur ses lèvres, me confiant en silence qu'il valait mieux que je ne me moque pas d'elle. Une sorte de convention, ai-je compris.

Comme nous nous préparions à partir, la vieille s'est levée de table avec lenteur et m'a tiré à l'écart. Dans la pénombre du salon, elle a braqué sur moi un regard ambré qui illuminait comme un phare son vieux visage fripé.

— I know what you did, mister. Good man.

Interloqué, je n'ai rien répondu. Je savais que ce n'était pas du bluff. Ce petit bout de femme me donnait soudain l'impression de voir au travers des murs. Un courant d'air vaudou a glissé sur ma nuque.

— No, no... I won't tell, a-t-elle chuchoté devant mon air inquiet. Good man. Give me your hand.

Elle s'est emparée de ma main droite, en a frotté la paume de ses pouces un moment, dodelinant de la tête, les yeux clos. Puis elle s'est mise à rire.

— Good man, but stupid too! Beautiful... Don't worry, man, she's stronger than you... What you doing here, mister? Ooh... okay. Pride... It's all gonna be fine, but you gotta try...

Elle a lâché ma main, un sourire malicieux aux lèvres.

Comme je ne bougeais pas, elle m'a dit d'aller rejoindre les autres et de ne pas laisser Derek boire trop du poison de l'oncle Lafayette. Pour ma part, je ne comptais pas m'en priver, de ce nectar.

On est partis à huit dans la camionnette de Derek par les chemins tortueux qui s'enfonçaient dans les bayous. Peu embêté par les cahots, Rupert grattait un vieux blues sur sa guitare, une histoire de cueillette dans les champs de coton qui donnait mal dans le dos juste à l'entendre et dont je n'osais même pas reprendre le refrain, tant il concernait peu mon arbre généalogique. Mes ancêtres à moi ramassaient des patates. Je me contentais de siffler et de sourire à la nuit noire, à ces billes dorées entrevues au hasard d'un marais, des yeux d'alligators. Je repensais à grand-mère Charlotte, incapable de réprimer un frisson. À un moment donné, Derek, à qui on avait refusé le volant, s'est penché vers moi.

— Alors, qu'est-ce qu'elle t'a raconté, la belle-mère ?

— Oh... Rien, vraiment.

— Ça secoue, hein ? a-t-il fait, narquois.

J'ai souri.

— Elle t'aime bien, en tout cas, Jack. Elle ne fait jamais ça... le truc avec les mains. Elle dit que ça la tue. Tu devais en avoir pas mal besoin...

J'étais en train de me demander ce que ça pouvait vouloir dire, lorsque la camionnette a ralenti, puis s'est garée le long d'une bicoque biscornue, faite de tôle et de planches dépareillées. Sitôt le moteur coupé, un coup de feu assourdissant m'a fait bondir hors de la camionnette et m'aplatir au sol, dans six pouces de boue. Derek a mis ses mains en porte-voix en direction de la galerie.

— It's me, it's Harry !

Après un court moment, une voix grêle nous a invités à monter. Les autres sont descendus du camion, se moquant sans retenue de ma tête d'ahuri, à genoux dans le chemin poisseux. Derek s'est tourné vers moi, réprimant un fou rire.

— Il fait toujours ça, s'est-il mis à m'expliquer. Harry, tu vois, c'est le seul neveu dont il se souvienne, alors on s'annonce comme ça et il nous prend tous pour lui, à tour de rôle. Ça lui fait bien plaisir... D'autant plus que Harry est mort depuis trois ans.

— Vous auriez pu m'avertir, merde, qu'on allait se faire tirer dessus !

— Pas dessus, voyons, dans les airs, c'était juste un avertissement amical...

J'ai grogné en m'essuyant le visage.

Il s'avérait que Lafayette, un quinquagénaire rachitique, ne souffrait pas d'Alzheimer, comme on aurait pu le croire. Le résultat était le même, cela dit, mais provenait de l'alcool qu'il consommait. Derek m'a expliqué qu'il le distillait dans un alambic constitué d'anciens radiateurs de voitures convertis et que, en fait, ce n'était pas l'alcool qui l'avait rendu dingue, mais bien la forte concentration de plomb que son installation originale instillait dans ce *moonshine* par ailleurs d'une irréprochable qualité. Devant mon air horrifié, il m'a confié qu'il fallait en boire un sacré paquet avant de se retrouver comme Lafayette.

— C'est comme n'importe quoi, il ne faut pas abuser, c'est tout... a-t-il conclu.

Je ne trouvais pas que c'était *comme n'importe quoi* que d'ingurgiter sciemment du plomb, mais passé mon dégoût initial, j'ai quand même fini par abuser, inexplicablement. Après, je me souviens très mal.

Il paraît que je me suis pris d'affection pour la chienne de l'oncle Lafayette, et que j'ai pleuré quand est venu le temps de nous quitter, aux abords de l'aube. Et que durant le trajet du retour, j'ai cassé les oreilles de tout le monde avec un blues de mon cru, hurlé à tue-tête, et dont le refrain parlait de *my blue bitch*. Il y a des choses qu'on préférerait ne pas savoir.

Il y a les gueules de bois, et puis il y a les gueules de plomb. Ce n'était pas la fin du monde, mais j'ai tout de même reporté mon départ d'une journée.

42

Derek a insisté pour que j'accepte une liasse de dollars pour le Hasselblad. Comme je refusais, prétextant qu'il n'était pas nécessairement vendu, il s'est entêté à me payer mes heures de travail, au prix fort. Il voulait me donner mille dollars, j'ai réussi à m'en tirer avec cinq cents, après deux heures de pourparlers et une caisse de bière sur le pont du *Voodoo Chile*. Je lui ai fait promettre de s'adresser à Pete Richard, rue Decatur, pour vendre le Blad. Je lui en devais une. Derek a promis d'un air évasif.

Je suis parti vers midi, après avoir pris quelques photos de la petite famille avec mon dernier appareil jetable. Je savais que je reviendrais, nos adieux avaient quelque chose de faux. Je me suis arrêté à La Nouvelle-Orléans pour faire le plein et acheter quelques provisions pour la route. Je venais d'entrer au Mississippi lorsque, tâtonnant sous le siège du passager à la recherche de Bob Marley, que je devinais détrempé, j'ai mis la main sur cet objet que je connaissais par cœur. Le Hasselblad. Je l'ai tiré de sous le siège, hésitant entre une joie enfantine et de rampants scrupules. Un mot griffonné à la hâte était scotché sur le boîtier.

T'es un très mauvais menteur, Jack, Janine ne t'a pas cru une seule seconde. Je ne sais pas comment tu t'es débrouillé, mais ce n'est pas la première chose louche sur ton compte. Merci, et ne va pas refuser le cadeau, ce serait insultant... Je serais obligé de t'en mettre deux dans les genoux. Question d'honneur, my friend... Bonne route.

C'était Derek qui signait. Je me suis arrêté en bordure de la route, je suis descendu de voiture et j'ai fumé une cigarette assis sur le capot. J'ai chargé l'appareil d'une bobine de pellicule. Il allait m'en falloir davantage, et je savais exactement où en trouver. J'avais une exposition à monter d'ici octobre, pour la nouvelle galerie que Joel Stein venait d'ouvrir rue Metcalfe, au cœur de Soho. On n'a rien pour rien. J'avais en tête quelques images que je voulais faire, dont un portrait de la chienne de l'oncle Lafayette, si je parvenais à retrouver mon chemin dans le bayou de la Loutre. Stein avait trouvé brillante l'idée des appareils jetables, et effectivement, c'était le genre de truc conceptuel dont allait raffoler le milieu. Enthousiaste, il s'était lancé dans un *pitch* fumeux au sujet du dépouillement, du retour aux sources, envers et contre tous ces techniciens sans âme, sans œil. Je l'avais laissé se gargariser de son charabia avec un léger malaise, ça allait marcher. Cela dit, j'avais soudain envie de faire de la vraie photo.

La première que j'ai prise, c'était celle d'un fossé boueux au bord d'une autoroute près de Picayune, au Mississippi, sous un ciel incertain. Je trahissais quelque chose en moi, un serment gravé dans la pierre. Mais peut-être avait-il été gravé dans l'argile, aussi. On ne peut vraiment se fier à rien, c'est désolant. J'avais le cœur léger.

TROISIÈME PARTIE

43

Tristan était à l'heure au rendez-vous. Un bar à la mode de Tribeca, le quartier des mannequins, des artistes pas trop inquiets, du spleen griffé Versace. Il avait l'air bien. Quelques kilos en plus, peut-être. Après une accolade sismique, Tristan a demandé un Perrier et j'ai failli en tomber de mon tabouret. Il a secoué la tête en souriant devant mon air ébahi.

— Bon, okay... Vas-y, moque-toi un bon coup, qu'on en finisse... Mais pour ton information, je n'ai pas arrêté de boire. J'ai arrêté de boire *systématiquement*, disons.

— Bonne idée, ai-je fait.

J'avais l'air intelligent avec mon double scotch au beau milieu de l'après-midi.

— C'est tout ? s'est-il exclamé. Tu ne vas pas me dire à quel point c'est fantastique, qu'il était temps, que Louise tient la laisse serrée... quelque chose? Juste ça : « Bonne idée » ?

— Ben... Je peux me forcer, si tu y tiens. Mais t'as toujours détesté qu'on désapprouve, je ne vois pas pourquoi ça t'intéresserait qu'on te félicite...

— Aaah... merci! Ça te dirait d'expliquer le principe à ma mère? Elle est tellement contente, ça me rend malade.

— Arrange-toi, mon pauvre.

— Hmm. Et puis bon, je suis en probation aussi, à cause de l'histoire dans le bar. Alors, j'essaie de ne pas me mettre en situation de... enfin, tu vois.

— Et qu'est-ce que tu fais aux États-Unis, si t'es en probation?

— Bon, okay, je triche.

J'ai demandé un verre d'eau à la serveuse. Joel Stein m'avait traîné ici à quelques reprises au cours des deux dernières semaines et, depuis, tout le monde me souriait exagérément, tout le temps, c'en était exaspérant. On me soupçonnait d'être *quelqu'un,* au sens très générique, le spécifique n'ayant aucune importance. J'aurais voulu hurler que mon tee-shirt sale n'était pas signé Versace, qu'il venait du Greenberg de Val-d'Or, mais bon, leur idée était faite. *You had it made...* m'avait dit May, et ça recommençait salement.

— T'as revu Nuna? ai-je risqué, indifférent.

Il m'a regardé par en dessous, avec un sourire de frère cadet qui vous prend en défaut. Le masque a tenu bon.

— Ouais...

Sa réponse est restée suspendue dans l'air entre nous. Il m'appâtait, l'enfant de salaud.

— Et Louise, elle a pris ça comment, que tu la revoies ? Tu lui as dit, pour Nuna ?

Diversion. Je me suis accoudé au bar, me demandant si ça allait tenir.

— Oh... je lui ai dit, à Louise. Mais bon, je lui ai aussi dit que Nuna était amoureuse de toi, ce qui a fait lever toute forme d'embargo... D'ailleurs, Louise et moi, on a un nouveau contrat social, en quelque sorte...

Il était doué, tout de même. La contre-attaque fulgurante, au centre d'une défense anodine, c'était pas mal. J'en avais les genoux ramollis.

— T'es allé à Disneyworld ? a-t-il poursuivi.

J'avais envie de tricher, mais c'était Tristan. Échec.

— Ouais, j'y suis allé.

— Évidemment que tu y es allé, a-t-il grincé d'un air satisfait. Et tu l'as vue ?

Et mat. J'ai allumé une cigarette, un aveu. Il se frottait les mains, complètement emballé.

— Et... ?

— Et rien, Tristan. Je l'ai vue, elle est passée devant moi, et c'est tout... Si je te dis *Exxon Valdez*, est-ce que ça t'aide à comprendre ?

Il m'a dévisagé.

— Et si moi je te dis brocoli, ça nous avance à quoi, crétin ? a-t-il répondu, irrité.

Il a réfléchi un moment, puis il a levé les yeux au plafond.

— Ah... *Exxon Valdez*, okay, ouais... Mais tu pourrais être plus clair dans tes métaphores. Travaille là-dessus, Jack.

— Bon, bon... Alors, qu'est-ce qu'elle fait ?

— Nuna ? Elle est toujours à l'université, elle sert de la pizza rue Saint-Laurent. Pas exactement le profil riche héritière, je trouve, mais bon, va comprendre... Sinon, elle s'informe de toi, mais comme je n'ai pas souvent de nouvelles à lui transmettre... T'es con pour ça, d'ailleurs. J'aurais pu m'inquiéter, si c'était dans ma nature. Ah, et au fait... elle est amoureuse de toi. Je te l'ai dit ? a-t-il fait, narquois.

— Tu me l'as dit, ai-je grogné. Alors quoi, elle t'a confié ça à toi, tout bonnement, comme ça ? J'ai du mal à le croire...

— Non, bien sûr... Il a fallu que je la cuisine un peu... J'ai avalé mon scotch d'un trait.

— Ça ne tient pas debout... ai-je conclu dans un râle. C'est n'importe quoi, ce que tu me racontes, Tristan. Et puis si elle t'a dit ça, c'est seulement parce que j'avais l'air indifférent... Je ne vois rien d'autre. Qu'est-ce que tu veux, le principe est vieux comme le monde : on poursuit ce qui nous échappe. C'est con comme tout, et puis je te signale que ce n'est pas un sentiment, c'est un instinct.

— Hé ! Jack ! Donne-lui un peu de crédit, tout de même... Instinct, instinct... C'est pas un chien, c'est une fille brillante. Tu crois qu'elle n'a pas déjà fait le tour de tout ça dans sa tête ? J'ai des nouvelles pour toi, elle est un peu lucide, cette fille.

— Je ne remets pas ça en question. Je te dis juste qu'elle se fait des histoires, ou alors c'est toi qui me mènes en bateau... Tu m'as vu, un peu, quand on était à Bar Harbor ? À part le fait que c'était avec toi qu'elle baisait... — petit détail, d'ailleurs, non ? À part ce léger détail, tu trouves que j'avais l'air d'un bon parti, d'un gars équilibré et tout ça, honnêtement ?

— Bof, ça se discute... Tu dramatises. Mais anyway, t'as envie qu'on t'aime pour tes qualités, euh... *objectives* ? Comme un divan chez Ikea, une boîte de conserve ? Ou alors tu veux qu'on t'aime pour tes défauts ? T'aimer pour tes qualités, c'est à la portée de n'importe quelle conne ; c'est pas mieux que de t'aimer pour ton fric, à la rigueur, si t'en avais... C'est laid ! T'aimer pour tes défauts, ça, tu vois, c'est du solide. Tu risques jamais de décevoir...

— Crétin. Et tu tiens ça d'où, ta petite théorie néo-romantique à la con ?

Il a fait des yeux gros comme des *frisbees*.

— Je tiens ça d'où ? Ha ! Ha ! Elle est trop bonne ! Je tiens ça de...

Il a mimé un roulement de tambour sur le comptoir.

— ... Jacques Dubois ! Merci beaucoup...

Ça m'est revenu. J'ai commandé un autre verre, un Jim Beam sans glace, pour me punir d'être aussi con.

— Mais... Tristan, tu te rends compte à quel point c'est malsain, toute cette histoire ? C'est un peu ça, aussi, qui m'a fait sauter les plombs, dans le Maine... Tu sais qu'elle m'a embrassé, juste avant que je parte ?

— Évidemment que je sais...

— Et... ?

— Et rien, Jack ! Pourquoi est-ce qu'il faut que tu compliques tout, comme ça ? On n'était pas mariés, à ce que je sache... Et puis je voyais ça venir depuis un moment, qu'est-ce que tu crois ? Elle me posait sans arrêt des questions sur toi, c'était toujours Jack ci, Jack ça...

— Ça ne t'enrageait pas ?

— M'enrager ? Mais d'où t'arrives, Jack, avec tes petits principes machos ? Si ça se trouve, ça m'amusait plus qu'autre chose. Et puis ça faisait un bout de temps qu'on ne baisait plus, d'ailleurs. Je t'ai fait une sacrée belle campagne de pub, au fait...

Je me suis pris la tête entre les mains.

— Tu me fais halluciner, Tristan... T'étais pas amoureux d'elle, au départ, il me semble ?

— Amoureux... amoureux, oui, mais ça m'arrive tous les jours, ou presque... Quoi ? Me regarde pas comme ça, c'est vrai... Être amoureux, c'est une ligne de coke, quinze minutes d'éternité... Enfin, je parle pour moi...

J'ai ricané. Elle avait des accents de biscuit chinois, sa maxime.

— Écoute, Jack, a-t-il continué, je ne comprends pas pourquoi tu trouves ça si étrange...

— D'abord, peut-être parce que toi et moi, honnêtement, on n'est pas exactement du même modèle... Je trouve ça plutôt sévère comme virage de sa part.

— Ben justement ! Ça t'est jamais arrivé de baiser avec une bonne amie, parce que tous les deux, vous aviez pris ça pour autre chose, tellement ça vous paraissait naturel, cool, tout ça ?

J'ai acquiescé sans conviction.

— Bon, c'est la même chose avec Nuna. Passé les premières fois, ça ne collait plus... C'était trop familier, facile ; ça n'avait plus aucun... aucun mystère, tu comprends ? La dernière fois qu'on a baisé, c'était lamentable, on s'est mis à rire tous les deux, et on a fini par jouer aux échecs... C'est pour dire ! Mais toi... *Toi*, Jack, tu la fascines, a-t-il dit avec un sourire effilé.

— Elle n'est pas bien difficile... Si c'est tout ce que ça lui prend, que quelqu'un l'ignore pour qu'elle se mette à s'intéresser à lui...

— Bon sang! Veux-tu bien arrêter de la traiter comme la dernière des connes! On croirait que tu veux absolument te convaincre que ça ne vaut rien... Alors, qu'est-ce que tu foutais à Disneyworld, pour l'amour de Dieu? Faut te faire examiner, mon pote, parce que je ne sais plus qui est le plus dingue de nous deux... Tu veux essayer une pilule?

— Pourquoi pas... Ça fait quoi, au juste?

— Ça égalise. Et ça fait engraisser, t'as remarqué? Et puis je...

Il a marqué une pause.

— Hé! Ne change pas de sujet. Je te fous la paix dans deux secondes, mais laisse-moi finir, d'abord. Alors, pourquoi ce serait si difficile à croire que Nuna puisse être légitimement et *mucho* amoureuse de toi? Je ne comprends pas où ça accroche, Jack. C'est à cause de moi? C'est parce qu'elle a eu un flirt de trois jours avec moi que ça te fait cet effet? Et puis qu'est-ce que ça dit sur moi, exactement...? Explique, parce que je ne trouve pas ça très flatteur... Non, laisse tomber. Anyway, ma question, au fond, c'est ça: qu'est-ce qui te terrifie autant dans l'idée qu'il y aurait peut-être quelque chose là?

Il m'a regardé en souriant. Comme j'allais ouvrir la bouche, il m'a coupé.

— Et puis non... Réponds dans ta tête, parce qu'à voix haute, honnêtement, tu dis vraiment pas mal de conneries. Moi, ce que je dis, c'est qu'une fille qui prend la peine de t'expliquer le principe de Bernoulli, tu lui donnes une chance...

Il s'en permettait un peu beaucoup, le Tristan. J'ai mis ça sur le compte des pilules.

— Et réfléchis vite, mon Jack, parce que j'ai invité Nuna au vernissage. Elle arrive demain... Et paf! Sur la gueule! a-t-il dit en m'envoyant un crochet sur le menton pour rire.

— Je te déteste, Tristan.

— C'est passager, mon pote. Passager.

44

Il faut reconnaître que Joel Stein a un flair parfait lorsque vient le temps de générer cet insaisissable *buzz* qui différencie un cocktail sans histoire d'un véritable événement. L'exposition l'enthousiasmait au-delà de ce que j'aurais pu imaginer et, fort de son don pour la contagion, il avait réussi à raviver l'intérêt qu'avait suscité à une certaine époque le nom de Jacques Dubois. Je reconnaissais ici et là une journaliste, un agent, un amateur un peu friqué, tandis que, parqué en retrait près du bar à m'enfiler des bloody caesar, je combattais tant bien que mal cette persistante impression d'imposture qui me tenaillait l'estomac. Je me fichais un peu de ce que tous ces gens pouvaient penser de l'expo, à la vérité; je m'attendais à tout moment à ce que l'un d'eux hurle à la fumisterie, mais nous étions chez Stein, et une telle sortie demandait un courage et une intégrité que ne possédaient pas la plupart des invités. Pendant une fraction de seconde, j'ai songé que, malgré ce que je pouvais en penser, l'expo était peut-être tout simplement à la hauteur. Drôle d'idée. Après deux semaines passées dans une chambre noire, je devais admettre que Fuji faisait de sacrés bons appareils jetables.

Il y avait bien une heure que j'avais le regard braqué sur le hall d'entrée lorsqu'une main s'est posée sur mon épaule.

— Hello, Jack.

La voix seule m'a glacé d'effroi. Son timbre grêle, ses inflexions fausses et doucereuses, je l'aurais reconnue entre toutes. Je n'ai pas bougé, j'ai répondu dans l'air vide devant moi.

— Muriel. Long time.

— Tu ne m'embrasses pas?

J'ai laissé échapper un rire froid, tout en secouant l'épaule. Sa main a glissé le long de mon échine. Je ne me retournais toujours pas, savourant l'irritation qui irradiait dans mon dos.

— Muriel, Muriel... Qu'est-ce que tu fous ici?

— Je me tiens informée, c'est encore mon métier, tu sais... C'est une belle expo, une belle idée... Welcome back, Jack...

J'ai secoué la tête.

— Tu détestes ça, Muriel. Tu as toujours détesté ce que je fais, tu le sais, je le sais, on pourrait peut-être le dire, maintenant...

Elle a paru hésiter un instant.

— C'est très... comment dire? très *sentimental* comme regard. Encore plus qu'il y a deux ans, je dirais. Je... je déteste, oui, on peut dire ça.

— Bon... Voilà ! Et ce que tu détestes encore plus, tu peux l'avouer aussi, c'est qu'il est neuf heures et demie et que le quart des pièces sont vendues... et que tu n'y es pour rien.

— Tous les goûts sont dans la nature, je suppose... a-t-elle soupiré avec dédain. Joel fait du bon travail. Et tu sais, je crois qu'il aime vraiment ce que tu fais, si ça peut te faire plaisir. Mais ça ne va pas durer, Jack. Tu sais bien que tu as toujours été incapable de te vendre. Tu es si ennuyeux, si posé, si... terne, mon pauvre Jack. On t'aura oublié demain... Encore !...

Elle avait prononcé cette dernière phrase avec une délectation enjouée.

— Alors, tu trouves que je devrais jouer un peu à l'artiste new-yorkais, Muriel ? Parler fort, faire des scènes, du bruit ?

— Un peu de bruit, ça ne nuirait pas, je suppose. Et te remettre à la coke, aussi, ce serait un bon début... Je te l'ai déjà dit : il n'y a pas de mauvaise publicité, Jack. Mais il faut des couilles pour faire du bruit... Alors, entre toi et moi... Tu ferais mieux de retourner à tes...

Je l'ai interrompue brutalement en balançant le contenu de mon bloody caesar par-dessus mon épaule, espérant de tout mon cœur que Muriel avait eu la brillante idée de s'être vêtue de blanc. Je me suis retourné. Il devait être difficile de trouver une robe Armani plus blanche. Sur un ange, peut-être, et encore. L'archange Muriel tremblait de tout son être, suffoquant de rage. Rafraîchis par le drink glacé, ses seins dardaient sous l'étoffe diaphane. Ça m'a fait sourire. Elle trouvait quand même le moyen d'être sexy. Un attroupement s'est formé dans la seconde. Stein et

Tristan riaient, l'un nerveusement, l'autre de bon cœur. Je me suis incliné doucement vers Muriel, toujours frémissante.

— Je viens d'en vendre dix de plus... Tu vois, j'apprends vite, ai-je prononcé lentement sur le ton de la confidence.

Elle a inspiré longuement, les yeux clos, puis sa voix, magnifiquement posée, a soufflé dans mon oreille.

— Pas mal, Jack... Pas très imaginatif, mais tu fais des progrès. Maintenant, regarde ce que c'est qu'avoir des couilles... Regarde de quoi ils vont se souvenir, tous ces imbéciles qui te trouvent drôle... Et puis regarde pour le plaisir, aussi, ne te gêne pas.

Tandis qu'elle me fixait avec une fureur contenue, Muriel a fait glisser une bretelle sur son épaule, puis l'autre, laissant choir sa robe au sol ; elle ne portait rien en dessous. Elle a repoussé du pied l'injure cramoisie, déposé un baiser sibérien sur ma joue, et de sa nudité parfaite, elle a fendu l'attroupement sidéré, traversé la galerie avec une nonchalance mystique, s'arrêtant devant quelques pièces, un soupçon de mépris aux lèvres. Au vestiaire, elle a repris son long trench blanc, et est sortie sur le trottoir, dans un silence abasourdi qui s'obstinait.

Je crois qu'en cet instant, si je n'avais pas détesté Muriel de manière si hermétique, j'aurais eu une faiblesse. J'allais sans doute payer pour cela, un jour, mais ça en valait le prix.

Le moment tardait à se dissiper, quelques regards effarés épiaient encore le vestibule lorsque Nuna est entrée. Les épaules drapées dans un ample châle, elle portait une longue robe sombre, échancrée, insolente. Son regard a erré quelques secondes avant de se poser, léger, sur moi. Elle m'a souri, mais à demi seulement. Je me suis souvenu du goût de ses lèvres. Son regard papillon s'est remis à voleter, elle ne bougeait pas, elle restait dans l'embrasure, et j'ai eu la nette intuition qu'elle ne viendrait pas vers moi, que si je restais plus de trois secondes accoudé au bar, je ne la reverrais plus.

45

Trois secondes. Une. Je ne mérite rien. Rien ne justifie sa présence ici. Rien ne justifie cette inexplicable affection qu'elle a pour moi, cette tendresse têtue que je ressens depuis cet instant où elle a grimpé à bord de la Buick, cette poignée de main franche, ces regards trop doux qui me reviennent à présent en mémoire pour ce qu'ils sont. Rien ne justifie ses silences indulgents, sa curiosité, sa patience. Sa persistance est inacceptable, comme une écharde dans l'ordre des choses, elle m'enrage, me séduit, bien sûr. Elle doit croire en quelque chose, cette fille, c'est inouï ; elle doit croire que le cœur est intarissable, le désir aussi, tant qu'on y est ! — qu'on peut se protéger des ouragans, que les fruits ne pourrissent pas, que l'enfer n'est pavé que de mauvaises intentions, qu'on peut réussir sa vie, et quoi encore ? Est-ce qu'elle veut me sauver ? Est-ce que, par une perversion lumineuse, elle se serait mis en tête de *me sauver* ? Ce goût sur mes lèvres, était-ce donc l'arrogance douceâtre des âmes charitables ? Tu crois que tu peux me tenir la tête hors de l'eau, petite sirène ? Je voudrais le croire, croire que c'est cela qui l'anime, un simple élan de bonté, un caprice pieux, ça me débarrasserait un peu, mais non. Qu'est-ce qu'elle fait là, pour l'amour du ciel ? Qu'est-ce que j'ai fait ? Je ne suis pas beau. Je ne suis pas bon. Rien ne justifie.

Deux. Peut-être qu'elle ne le fait pas exprès. Peut-être n'a-t-elle pas choisi d'être là, debout dans le vestibule d'une galerie de Soho, debout comme sur un fil de fer, attendant avec dignité le vent fou, résignée à tomber d'un côté ou de l'autre. Elle fait ce que je n'ai pas eu l'inconscience ou le courage de faire en Floride. Le courage et l'inconscience plutôt, un seul mouvement, une seule et même chose, véritablement, pile et face. Je voudrais croire qu'elle a la bravoure simple des chiens de traîneau, des enfants soldats, mais je la sais lucide, entière ; je la sais tétanisée d'effroi, glacée d'espoir. Marcher jusqu'à elle, quinze pas, qu'est-ce que cela signifierait ? Qu'est-ce que je signe, si je traverse la galerie, si je pose un pied devant l'autre, quinze fois, est-ce que j'ai lu tous les petits caractères ? Qu'est-ce que je signe au juste, un arrêt de mort, un armistice, une pathétique amnistie ? Pour qui, pour moi ? Je ne veux pas d'une bouée de sauvetage, d'un canari en cage, d'un bruit de fond, d'un prétexte à tout. Et si je restais plutôt accoudé au bar, tranquille, à boire de la vodka jusqu'à l'aube, jusqu'à la semaine prochaine, jusqu'à l'Apocalypse, qu'est-ce que ça changerait ? Mais ai-je seulement les moyens de me payer ce luxe, celui de me terrer dans mon bunker, hors de la zone de feu, comme sur mon lac brumeux, l'œil collé au viseur, un pur regard, celui du maquisard, du tireur embusqué, qui choisit ses cibles calmement et fait éclater les entrailles des fantassins comme on abat des canards de bois, sans que le cœur exulte, sans que le cœur geigne, sans que le cœur batte ? En ai-je les moyens ?

Trois. Et si l'amour était une balle perdue ?

J'ai fait quinze pas hors du bunker, l'artillerie lourde braquée sur moi.

Nuna m'a regardé approcher, le menton frondeur.

— Je comptais jusqu'à dix, a-t-elle dit.

— C'est généreux. Tu avais oublié ton peigne dans la voiture, ai-je dit en tirant l'objet de ma poche.

— Je ne l'ai pas oublié.

46

Fin octobre, chambre 205, six jours de canicule. Au septième matin, devant des toasts à la confiture de fraises, Nuna, nue. Elle mange. Je fume une cigarette.

Hier soir, devant un hamburger dans l'East Village, elle m'a dit qu'elle m'aimait. Désarçonné, j'ai ri. Elle m'a giflé avec une violence inouïe. Puis elle a calmement répété. Sonné, j'ai répondu que moi aussi, à bien y penser. Elle m'a lancé une frite noyée dans le ketchup, j'en ai reçu dans l'œil, nous avons ri, et ç'a été tout. Nous avions tant de temps. Nous avions du temps comme les baleines ont de l'océan.

On est rentrés à pied à l'hôtel, malgré le temps humide. J'avais pour elle des tendresses que je me serais cru incapable de réapprendre, et pourtant elles me revenaient, et ce n'était pas tout à fait les mêmes, et ce n'en était pas tout à fait de nouvelles. Mais la trahison était légère, elle ne laissait en moi qu'un imperceptible sillage, comme un regret qui s'efface poliment, sans vous traîner par le fond pour la seule et grave beauté de la chose. La main de Nuna dans la mienne, ses ongles effleuraient doucement ma paume, et ce geste machinal, ce geste, déjà, avait l'étrange couleur de l'habitude. J'ai eu peur, un instant. Comme de cette seule vague, prise en Floride. Mais dans la tiédeur de la chambre 205, j'ai dévêtu Nuna qui tombait de sommeil, qui souriait doucement les yeux mi-clos, me suis lové contre sa peau solaire, une main alanguie caressant son ventre, errant aux confins du monde; les naseaux enfouis dans sa nuque Méditerranée, j'ai rêvé en bleu et ocre.

Puis ce matin, le septième, elle était toujours là. J'ai éteint ma cigarette, et j'ai allongé le bras pour lui chiper un morceau de toast.

— Je peux te poser une drôle de question?

Elle a acquiescé, amusée. La question était mûre, perverse et pas nécessairement très claire. Ni très drôle. Peut-être importante.

— Tu pourrais me trahir? ai-je lâché, le regrettant aussitôt.

Elle a froncé les sourcils un moment en mastiquant, me trouvant sans doute de sombre humeur. Elle a failli répondre non, il m'a semblé, puis un air moqueur a glissé sur ses traits.

— Je ne suis pas à toi, Jack...

Elle a ajouté une phrase en catalan, un sourire espiègle aux lèvres.

— Et ça veut dire quoi?

— C'est une phrase d'un poète de chez moi: « Les

serments les plus fragiles sont les plus beaux »... C'est pas mal, non ?

Une goutte de confiture a coulé sur son menton, puis est tombée sur son sein. Un rire coquelicot lui a échappé. J'ai fermé les yeux. J'étais chez moi.

47

L'expo a connu un joli succès. Rien de phénoménal, mais d'une certaine manière, j'aimais autant cela. Je n'étais plus un nouveau visage et, en tant que tel, j'étais moins intéressant à découvrir. Stein avait eu son papier dans le *New Yorker*, la galerie se taillait une place, il était content. Au démontage, je lui ai offert le portrait de Derek sur le pont de son bateau, éclairant l'après-midi d'un sourire incandescent, une belle prise à son bras.

— Qui c'est ? m'a-t-il demandé, interdit.

— Ça, c'est un thon, Joel... et à côté, c'est un de tes amis.

Stein a marqué une pause, puis il a haussé les sourcils, la bouche entrouverte.

— Les assurances ?

J'ai fait oui.

— Il... en tout cas, il a l'air content... a-t-il bafouillé.

— Il a le meilleur avocat du pays, j'espère bien qu'il est content !

Stein a souri distraitement, perdu en plein golfe du Mexique avec l'amiral.

— Merci, Jack, a-t-il fini par dire, je crois que c'est ma préférée, ouais... Celle-là et le chien... On l'a vendue, d'ailleurs, celle du chien... Hier. Je te l'ai dit ?

— Non. À qui ?

— Une dame, la soixantaine... Elle a demandé si tu allais passer dans la soirée. Très gentille, la grande classe. Oh ! Et elle t'a laissé quelque chose... Attends, c'est dans mon bureau...

— May ?

— Oui, May Dugan, je pense... Tu la connais ?

J'ai hoché la tête, consterné de l'avoir ratée.

— Ça te dérangerait de ne pas encaisser le chèque, Joel ? Tu mets ça sur mon compte, d'accord...

Il a acquiescé avec un sourire complice. Stein avait un goût particulier pour ce genre de caprice intime, surtout ceux des autres. Et cette photo floue et surexposée que je venais de lui offrir était bien davantage qu'une image ; c'était une histoire, anodine, secrète, et elle lui appartenait. Il est allé à son bureau, qu'il avait installé dans une pièce attenante à la salle d'exposition. En ressortant, il m'a tendu une enveloppe, tout en me montrant le chèque qu'il venait de déchirer, comme si j'avais eu besoin d'une preuve.

C'était une carte Hallmark. Un paysage de bord de mer. À l'intérieur, aucun souhait générique. Juste deux petits paragraphes serrés, une écriture d'institutrice.

Désolée de vous avoir manqué, Jacques. C'est du très beau travail, votre exposition. Vous n'avez pas perdu l'œil, et je dirais même que votre regard se fait plus courageux, et moins complaisant, si vous me permettez la pointe... Il y avait des photos difficiles à faire, j'imagine. Difficile de résister à la tentation de faire de belles photos, n'est-ce pas? Chapeau. Vous vous attendiez sans doute à des souhaits originaux de ma part, je dois vous décevoir :

You can't always get what you want,
But if you try sometimes,
You just might find,
You get what you need.

Ce n'est pas de moi, ni du Yi-king, c'est des Rolling Stones. Des fois le génie, ça n'a rien d'obscur, vous savez.
All the best,
May

48

Une drôle de journée pour naître, me suis-je dit en reposant le combiné du vieux téléphone. Il tombait une neige fine et sèche, une neige inhabituelle pour la fin de novembre. Le soleil insistait pour se tailler une place et illuminait de temps à autre le lac fraîchement gelé.

— Qui c'était? a demandé Nuna, qui était montée pour la fin de semaine, et qui étudiait dans le salon.

— C'était Tristan, ai-je répondu. Monica accouche aujourd'hui.

Il y a eu un long silence. Nuna est apparue sur le seuil de la cuisine.

— Tu y vas, j'espère... a-t-elle lâché au bout d'un moment.

Je n'ai pas répondu tout de suite. Je me suis remis à la vaisselle, le regard perdu sur le lac. Vraiment, il faisait un temps très étrange pour la saison.

— Je ne sais pas. Je devrais? ai-je fait.

Elle est venue se coller contre mon dos, a glissé une main fraîche sous mon chandail.

— Évidemment que tu devrais.

— Ça... ça ne te fait rien?

— Et même si j'en crevais de peur, qu'est-ce que ça changerait? Tu me ferais une faveur? Crétin...

« Crétin » était devenu mon petit nom de couple officiel. Il y a des gars qu'on appelle « chéri », « lapin » ou « chaton ». Moi, c'est « crétin ».

— Alors quoi, j'y vais?

— Tu y vas.

— Okay.

— Okay.

J'ai terminé la vaisselle et suis parti pour Montréal, laissant Nuna à sa biologie moléculaire et à ses traités d'éthique.

49

Dès qu'il m'a aperçu, Christophe s'est élancé vers moi et m'a pris dans ses bras puissants, en plein corridor, comme si j'étais son frère qu'il n'avait pas vu depuis dix ans. On était assez loin de la réalité, mais j'ai compris qu'il n'avait plus toute sa tête et lui ai rendu de mon mieux la chaleur de son accolade. Dans l'état où il était, il aurait embrassé n'importe qui.

— C'est une fille, Jack! Tu te rends compte? Une fille! J'ai une fille, moi, c'est quelque chose, hein! Une fille, tu te rends compte?

— C'est pas croyable! Euh... Félicitations, Christophe. Vraiment, une fille, c'est quelque chose...

— Une fille... a-t-il répété rêveusement. Si on m'avait dit, hein... C'est quelque chose, quand même. Une fille... Une fille! Jack! Hein?

Pas exactement une chance sur un million, mais bon, je suppose qu'on doit perdre un peu de ses facultés arithmétiques dans les circonstances. À une autre époque, je lui aurais dit de fermer un peu sa gueule, à ce grand benêt, mais aujourd'hui, j'éprouvais pour lui quelque chose qui ressemblait vaguement à du respect.

— Je peux voir Monica, tu penses? ai-je demandé.

Christophe a acquiescé, et m'a conduit devant la chambre.

— Il y a Françoise qui est là, mais ça ne devrait pas être long, elle ne peut pas rester... Tu veux quelque chose, Jack, un coke, un café? Je descendais justement m'en chercher un...

— Merci, non, c'est gentil. Tristan n'est pas là?

— Non, il arrive. À tantôt, alors... Une fille! Hein, Jack!

J'ai haussé les épaules, comme si j'avais autant de peine à y croire que lui. Puis je me suis accroupi, adossé au mur, cherchant ce que j'allais bien pouvoir dire à Françoise quand elle sortirait de la chambre. Mon genou me faisait mal. Les hôpitaux. C'est infaillible.

Après quelques minutes, la porte s'est ouverte. Avant que j'aie pu me remettre debout, Françoise est sortie et m'a toisé de son regard si particulier, un regard de juge dans une exposition canine.

— Tiens, Jacques... a-t-elle fait, interdite. Vous... vous trouvez cela approprié, d'être ici?

J'ai ricané en me relevant.

— Très approprié, oui. Ta question, par contre, est assez grossière, Françoise. Mais bon, il est un peu tard pour t'apprendre à vivre, hein...

Sans lui laisser le temps d'absorber, je suis passé devant elle et je lui ai refermé la porte au nez. Tutoyer Françoise Molinari était un acte grisant ; un peu comme pisser sur une Mercedes.

50

La petite dormait sur son sein. Je m'attendais à trouver Monica épuisée, hagarde et dopée, mais elle était encore Monica, radieuse. Elle m'a souri. J'ai déposé mon bouquet sur la table de chevet, puis je me suis assis au bord du lit, qu'inondait cette lumière aveuglante d'après-midi, qui fait si mal aux yeux. Monica a doucement glissé sa main dans la mienne. On ne s'est pas parlé.

La dernière fois que j'avais tenu la main de Monica dans un hôpital, il ne faisait pas soleil. Sa main était froide, faible et bleuie, agitée de frissons. La dernière fois, je n'avais pas apporté de fleurs. La dernière fois que j'avais tenu sa main dans un hôpital, l'hôpital de Val-d'Or, un médecin était entré sans cogner. Sans lever les yeux vers elle, vers moi, vers nous, il avait dit, de cette voix posée de professionnel, de cette voix blanche, il avait dit que selon toute probabilité, Monica ne pourrait plus avoir d'enfant.

Puis il était sorti, le médecin, car il avait sans doute encore des nouvelles à apporter à d'autres gens, trois cancers, des pierres aux reins, deux laryngites. Nous n'avions rien dit, pendant un long moment, nous regardions ailleurs, la télé éteinte, le mur vert pomme. À bout de forces, le regard de Monica s'était enfin embué, de rage, de dépit, et elle avait posé les yeux sur moi, avec une lenteur terrible, et ses yeux avaient une lueur que je ne leur connaissais pas, moi qui croyais en connaître toutes les lueurs. Dans cet instant, elle avait vu mon visage vieilli, mon corps décati, et pour la première fois, ma vieillesse à venir, notre lente et jointe pourriture ne lui inspirait aucune tendresse. J'avais vu la surprise, aussi, dans ce regard. Mon visage n'était plus porteur d'avenir, de projets symphoniques, d'une vie ample et éternelle. Mon visage était l'expression de notre mortalité, entière, irrévocable. Mon teint était celui, pâle, d'un fossoyeur. Mon visage ne serait plus qu'effroi blafard, je l'avais su, à ce moment, mais cette certitude n'avait duré que le temps d'un battement de cils. Je n'y avais jamais repensé, j'avais banni cette certitude, l'avais enfermée à double tour, et ne l'avais jamais plus nourrie de l'ombre d'un mot. Mais elle avait vécu. Comme un virus en dormance, ce regard persistait, dans l'air entre nous. Question de temps. J'avais ramené Monica à la maison. Un mausolée.

La dernière fois que j'avais tenu la main de Monica dans un hôpital, il ne faisait pas soleil.

— Elle s'appelle Charlotte, a murmuré Monica.

— Je connais une vieille sorcière vaudou qui s'appelle Charlotte, ai-je dit après un moment. C'est un bon nom.

Elle a souri, se demandant si j'inventais.

— Tu veux la prendre ?

— N'exagérons pas, tu veux bien? ai-je répondu en serrant sa main un peu plus fort.

— D'accord, Jacques.

Nous avons laissé un peu de silence planer en paix. Au Tibet, on pleure la naissance d'un enfant, on pleure l'âme qui n'a su échapper au dharma, au cycle des renaissances. Au Tibet, je trouve qu'on exagère.

— Dis-moi, Monica... Tu m'aurais pardonné?

Elle a tressailli.

— Tu veux que je réponde à ça?

— Si t'en as envie.

J'ai toujours su dire lorsque Monica mentait. Peu importe le ton, le débit, le choix des mots, l'habile maquillage de sa voix. Je ne lui ai jamais dit cela, mais elle a l'ombre d'un tic dans la joue gauche lorsqu'elle ment. Un spasme virtuellement indécelable, sauf si on en connaît l'existence.

— Non, a-t-elle fini par répondre dans un filet d'air.

Je n'ai pas su si elle mentait. Je regardais ailleurs, par la fenêtre. Je ne lui poserais plus la question, jamais. Ni à moi. Il faisait vraiment très soleil. Un vent arctique sifflait dans les arbres nus. C'était une belle journée pour naître, pour se mettre à la passionnante tâche de gâcher sa vie. Il restait tant de choses à rater, comment une seule vie pourrait-elle suffire? Il faisait beau, j'ai souri.

51

Je suis retourné quatre fois à Val-d'Or au cours de l'hiver. J'y suis allé seul les trois premières fois. Au début de mars, j'ai emmené Tristan et Louise avec moi, pour qu'ils ramènent la Buick. Louise est enceinte, et plus chiante que jamais. Mais Tristan est heureux, je crois. Ils se sont fiancés. Je trouve que la vie est bien pressée, et le chemin accidenté. Mais qu'est-ce que j'y connais ?

Le Cessna ne vole plus exactement comme avant. Je le trouve capricieux dans les virages serrés, il a tendance à déborder, à glisser vers l'extérieur. C'est bizarre, car le travail que j'ai fait sur l'aile est impeccable. Le longeron était intact, il avait suffi de refaire la tôle. Je n'avais pas encore retouché la peinture. Une chose à la fois. Pour le train d'atterrissage, on avait tout changé, avec des pièces usagées que Raymond avait mises de côté depuis deux ans, sans m'en parler.

En automne, je reprendrai peut-être les commandes du Beaver pour la saison de chasse, mais pour l'instant, je vais faire de la patrouille durant l'été, pour le ministère des Ressources naturelles. De la surveillance pour les feux de forêt. C'est comme ça que je me suis payé le permis de pilote. Le travail est raisonnablement bien payé et emmerdant à mourir. Mais ça permettra à Nuna d'accumuler des heures de vol. Elle veut qu'on descende en Louisiane, mais ça reste à discuter. Je sais que je vais céder, je veux juste voir combien de temps je suis capable de lui résister. Elle est particulièrement douée pour le pilotage, et effrontée, aussi. Elle a plusieurs décollages à son actif, et me presse de la laisser atterrir. Je n'aurai bientôt plus le choix.

Le décollage, cela n'a rien de sorcier. On laisse simplement tomber la bride, on permet à l'avion de faire ce pour quoi il a été conçu. On compense ses excès, mais autrement, on le laisse faire. Générer de la portance, s'arracher au sol, grimper : son domaine.

Atterrir, c'est autre chose. Atterrir est contre nature. Atterrir est un abandon, un abandon calculé, préférablement précis, délicat, mais un abandon tout de même. Il ne s'agit pas simplement de voler lentement vers une altitude-sol nulle puis de couper les gaz dès que l'on touche : on rebondirait — mauvaise idée. Dans les règles de l'art, atterrir consiste à amener l'avion à voler en palier à dix centimètres du sol, au seuil du décrochage, puis à tuer sa portance, à trahir sa confiance, son âme, d'un geste sûr et entier. Atterrir est une trahison. Mais comme les réservoirs sont presque vides, l'avion ne vous en veut jamais longtemps. Il est des trahisons nécessaires.

MISE EN PAGES ET TYPOGRAPHIE :
LES ÉDITIONS DU BORÉAL

ACHEVÉ D'IMPRIMER EN JANVIER 2003
SUR LES PRESSES DE L'IMPRIMERIE AGMV MARQUIS
À CAP-SAINT-IGNACE (QUÉBEC).